設計師
日語・英語
實用句型
1500

クリエイターのためのやさしい英語＆英文パターン1500

作者 / BNN編輯部

譯者 / 張成慧

今天完成了一幅很不錯的作品呢～

分享到社群上吧～咦，這是……？

竟然收到來自國外知名製作人的工作邀約！！

想寫一封酷酷的回信，但該如何
下筆才好啊～～！

前言

當你懷抱著熊熊野心，準備踏上世界的舞台⋯⋯當然，不需要如此的雄心壯志，也可以拿起這本書。從事創意產業的工作者在國際間嶄露頭角時，英語無非就成了必備的交流工具，而這本書正是以此為出發點企劃而成。

即使活動範圍在國內，如今面對全球化依然經常需要與來自海外的創作者或客戶交流合作。書到用時方恨少，不知道該如何以英語回覆訊息、收到誘人的工作邀約時又因語言問題而卻步，這時候才開始想去報名英語會話班，似乎也難以及時派上用場等等，受制於語文能力的情況似乎屢見不鮮。

如果預算和時間許可，能夠投入精力拜師學習當然最好不過。然而，若只是有點興趣，卻在需要用到一些簡易英日語時經常無法應對如流，只好靠著翻譯網站或搜尋例句應急，目前也沒有足夠資源投入學習的話，這本書便能夠助你一臂之力。看完這本書或許仍無法說得一口流利外語，但在面對創意工作時的種種場合，想必能夠找到恰到好處的應對金句。

別害怕！把握每一次突如其來的外語交流機會，試著接受挑戰吧。希望這本書能夠幫助你突破臉色發白的窘境，帶給你滿面的笑容與自信。

BNN 編輯部

本書的使用方法

　　本書以每跨頁為一個主題，介紹能夠活用於不同場合的例句與片語。讀者可根據左頁上方的主題與對應場合標題，依需求翻閱選讀。除了慣用句以外，收錄的例句會盡量避免重複，將不同主題中的單字與例句加以變換、重組，應對時就不會總是千篇一律。讀者可以參照例句後方以連結符號標記的頁碼及項目編號，找到相似的用法。

主題

對應場合

右頁上方列出了能夠搭配例句使用的單字、實用的片語及慣用句。

左頁多半為簡易的例句。

右頁多半為較長的例句。

（A／B）表示在語句中可以置換的常用詞彙。

相關句型的標記 🔗 p92-2
例如這裡就表示「請參照92頁的第2個例句」。

英文例句中的斜體字代表是編輯部設定的範例用字。實際套用時不需要加斜體。

透過下方網址可以下載本書中收錄的純文字版英日語例句。
讀者可加以運用，例如將常用句貼入備忘錄，或者編輯成電子郵件範本等。
http://www.cubepress.com.tw/download-perm/designerEJ/1500_text.doc
※僅供購買本書的讀者下載使用。不得分享、轉發連結與檔案資料。

目次

目次

口頭對話…
抬頭挺胸開口說

不管是面對面或通電話，口說的場合總令人內心七上八下。面對來自海外的訪客，你是否也曾經過於依賴身邊外語流暢的同事，自己則在一旁不敢開口或插不上話？就連幾句簡單的應對都擠不出來⋯⋯

「明天到了現場說不定得和海外來訪的藝術家打照面？！」這種時候，就應該先記下「至少要會說這些！」的基本句型；接著，再依情境找出「說不定有機會派上用場？」的高級句型，試著反覆誦讀將之背起來，或者偷偷地先輸入到手機裡。隔天若是真的能夠學以致用，場面一定樂融融！

按照步調慢慢增加語彙力⋯⋯
→ 稍微能夠開口說幾句了！
→ 下一次想聊更多！
→ 好期待下次對話的機會！
達到這個階段，就代表你已經做好萬全的心理建設了！

打招呼

會說這些就能通

1	Nice to meet you. はじめまして。 很高興認識您。
2	It's nice to see you again. またお会いできて嬉しいです。 很高興再次見到您。

🔗 p26-5

帶入情境好實用

▶ 您好嗎？	How's it going?	調子はどうですか？	
▶ 我很好。	It's going smoothly.	順調ですよ。	
▶ 還可以。	It's going okay.	まぁまぁですよ。	
▶ 很不錯。	It's going well.	好調です。	
▶ 還算過得去。	Not too bad.	何とかやっています。	
▶ 工作很忙。	Work has been really busy.	仕事が忙しいです。	
▶ 最近身體微差。	I've been feeling a little off lately.	少し体調を崩しています。	

3

I'm pleased to meet you at last.
やっとお会いできて嬉しいです。

很高興終於見到您了。

4

I am also happy we could meet.
こちらこそお会いできて嬉しいです。

我也很高興能夠與您見面。

5

It's been a while.
お久しぶりです。

好久不見。

6

Thank you for all the help so far.
お世話になっております。

謝謝您一直以來的關照。

7

Hello, how are you?
こんにちは、お元気ですか？

您好，最近過得好嗎？

8

I'm well. How are you?
元気ですよ。あなたは？

我很好。您呢？

自我介紹

會說這些就能通

1	My name is Hara Sayaka. Please call me Saya. 私は原彩香です。サヤと呼んでください。
	我叫原彩香。請叫我小彩。　　　　　　　　　　　　　　　　🔗 p27-9
2	Hello, my name is Mari. I work as a designer. こんにちは、私は麻里と申します。デザイナーです。
	您好，我叫麻里。我的職業是設計師。　　　　　　　　　　🔗 p48-1

帶入情境好實用

▶ 請問該怎麼稱呼您？　　　Could I get your name?　　　お名前を伺えますか？

▶ 可以跟您要張名片嗎？　　Do you have a business card?　　お名刺をいただけますか？

▶ 這是我的名片。　　　　　This is my business card.　　これは私の名刺です。

▶ 您從事哪方面的行業？　　What kind of work do you do?　どういった関連のお仕事ですか？

▶ 您來自哪裡？　　　　　　Where are you from?　　　どちらからいらしたんですか？

▶ 您在哪裡高就？　　　　　Where do you work?　　所属はどちらですか？

▶ 您是自由工作者嗎？　　　Do you work freelance?　　フリーランスですか？

3

I work as a freelance illustrator in Tokyo.

私は東京でフリーのイラストレーターとして活動しています。

我在東京以自由插畫家的身分接案工作。

4

I work at a film production company.

私は映像制作会社で働いています。

我在影像製作公司上班。

5

I work by myself in the field of web design.

私は自分で web デザインのビジネスをしています。

我獨立經營網頁設計的事業。

6

I work as an editor at a publisher called *BMN*.

私は BMN という出版社で編集者をしています。

我在一家名叫 BMN 的出版社擔任編輯。

7

I am the person in charge of this project.

私はこのプロジェクトの責任者です。

我是這個計畫的負責人。

8

This is my portfolio. Please take a look.

これが私のポートフォリオです。
自由に見ていただけると嬉しいです。

這是我的作品集。歡迎翻閱。　　　　　　　　　　　　　　　p19-12

介紹同行者

會說這些就能通

1
She is my colleague, Chisa.
彼女は同僚の千沙です。

這位是我同事，她叫千沙。

2
She is my interpreter.
彼女は私の通訳です。

她是我的口譯員。

3
He is a good friend of mine.
彼は私の連れです。

他是我的好友。

4
We work together.
私たちは一緒に仕事しています。

我們一起工作。

5
We are work buddies.
彼らは仕事仲間です。

他們是我的工作夥伴。

6
I want to introduce you to everyone.
あなたを皆に紹介させてください。

我想把您介紹給大家。

帶入情境好實用

▶ 我的上司／公司代表　　My (boss/company representative)　　私の上司／会社の代表

▶ 我的員工／助理　　　　My (staff/assistant)　　私のスタッフ／アシスタント

▶ 我的團隊成員　　　　　My team member　　私のチームメンバー

▶ 我的代理人／經紀人　　My (agent/manager)　　私のエージェント／マネージャー

▶ 我的友人／夥伴　　　　My (friend/partner)　　私の友人／パートナー

▶ 我的家人／內人／外子　My (family/wife/husband)　　私の家族／妻／夫

▶ 我的旅伴　　　　　　　My travel companion　　私の旅の同伴者

7

I would like you to meet Mari.

麻里を紹介させてください。

請讓我跟您介紹一下麻里。

8

He is the director of the sales division.

彼は営業部の担当者です。

他是業務部的負責人。

9

She is the marketing manager, Izumi.

彼女はマーケティング部長の泉です。

她是行銷部的泉部長。

10

This is illustrator, Kusano Kenji.

こちらがイラストレーターの草野研二さんです。

這位是插畫家草野研二先生。

11

I heard about you from John.

ジョンにあなたを紹介されました。

是約翰向我介紹了您。

12

Please send my regards to John.

ジョンによろしくお伝えください。

請替我向約翰問聲好。

介紹任職公司／業務

會說這些就能通

1

We have (an office/a studio) in Tokyo.

東京に オフィス／アトリエ があります。

我們在東京有一間 辦公室／工作室。

2

We specialize in branding.

ブランディングを専門にしています。

我們擅長品牌行銷業務。

3

I manage my own brands.

自分のブランドを経営しています。

我經營自己的品牌。

4

Our company currently has 20 employees.

当社は約 20 名の従業員がいます。

敝公司現在約有 20 位員工。

5

This product sells very well.

これがよく売れている商品です。

這是熱銷商品。

6

This is a product that I designed.

これは私がデザインしたプロダクトです。

這是我設計的產品。

這樣表達更清楚

7

We are a design consulting firm.

私たちはデザインコンサルティングの会社です。

我們是設計顧問公司。

8

Our company plans and produces custom-made designs for packages.

当社はオリジナルパッケージを設計・製造しています。

敝公司提供客製化的包裝設計與製造服務。

9

It has been 20 years since our company opened for business.

私たちの会社が事業を始めて 20 年になります。

我們公司成立至今已經 20 年了。 🔗 p99-13

10

We are a design firm with a focus on building brands.

ブランド構築を得意としているデザインファームです。

我們是一間特別擅長塑造品牌的公司。 🔗 p99-10

11

Our main clients are global corporations and public institutions.

私たちの主なクライアントはグローバル企業と公的機関です。

我們的主要客戶是全球企業和公家機關。

12

This is our (portfolio/company's catalog).

これは私たちのポートフォリオ／弊社のカタログです。

這是 我們的作品集／敝公司的型錄。 🔗 p15-8

13

If it is all right, I would like to give you a sample of our product.

お荷物でなければ、製品サンプルを差し上げます。

如果方便的話，我想提供我們的產品樣本給您。

14

This is a gift for you. I made it myself.

これはあなたへのささやかな贈り物です。私が作りました。

這是給您的一點心意，我自己做的。

開會

會說這些就能通

1
Thank you very much for coming.
お越しいただきありがとうございます。

謝謝您前來參加。

2
Thank you for inviting me.
お招きありがとうございます。

謝謝您邀請我。

3
Did you have any trouble finding this place?
この場所はわかりづらくなかったですか？

這個地方會不會很難找？

4
Please have a seat.
おかけください。

請坐。

5
Would you like any (coffee/tea)?
コーヒー／紅茶 はいかがですか。

您想來點 咖啡／紅茶嗎？

6
I am glad we could talk.
お話できてよかったです。

很高興能和您說上話。

帶入情境好實用

▶那麼，	Well,	それでは、
▶接下來，	After this,	これから、
▶首先，	First,	最初に（優先的に）、
▶接著，	Next,	次に、
▶最後，	Finally,	最後に、
▶作為參考，	For reference,	ご参考までに、
▶由於時間所剩不多，	Since we are low on time,	時間が迫ってきたので、

7

Hello, my name is Hara. I am from *BMN* in Japan.
こんにちは、原と申します。日本の BMN 社から来ました。

您好，我姓原。我來自日本的 BMN 公司。

8

I have a meeting with Abby scheduled for 3PM.
15 時にアビーさんとミーティングの約束をしています。

我和艾比約好下午 3 點開會。

9

My journey was smooth. This is a wonderful office.
スムーズに来られました。素敵なオフィスですね。

我來的路上很順暢。這間辦公室真棒。

10

That is all for today. Do you have any questions?
本日は以上です。ここまでで何か質問はありますか？

今天就到這裡為止。有任何問題嗎？

11

Could you send me the materials by email later?
後ほどメールで資料を送っていただけますか。

可以麻煩您之後將資料用電郵寄給我嗎？

12

Thank you for your time.
今日はお時間をいただきありがとうございました。

今天謝謝您撥空參與。

🎧 p33-12

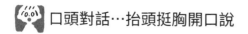

熟人間的答腔附和

會說這些就能通

1
I see what you mean.
なるほど。
原來如此。

2
Yes, of course.
はい、もちろん。
當然好。

3
It's just as you say.
まさにその通りです。
你說的完全正確。

🔗 p66-2

4
I don't know a lot about that.
私は（その件については）よくわかりません。
我對（那件事）不太了解。

5
I think it will be all right.
おそらく大丈夫です。
我想應該沒問題。

6
That might be difficult.
それは難しいかもしれません。
我想應該有難度。

這樣應答好自然

▶ 嗯。	Right.	うんうん。
▶ 咦！我沒注意到！	Oh! I wasn't aware!	へぇ！知らなかった！
▶ 確實如此。	That's true.	確かに。
▶ 噢，我懂了！	Ah, I see!	あーわかった！
▶ 當然！	Of course!	もちろん！
▶ 聽起來很有趣！	That seems interesting!	面白そう！
▶ 是這樣嗎？	Is that so?	そうなんだ！？

這樣表達更清楚

7
I understand. Thank you for letting me know.
理解できました。教えてくれて助かりました。

我了解了。謝謝你告訴我。

8
That's right. I feel the same.
ですよね。私も同じ気持ちです。

沒錯，我也是這麼想。 　　　　　　　　　　　　　　　　🔗 p66-3,234-4

9
That sounds difficult. What was the problem?
それは大変ですね。何が問題だったんですか？

聽起來真不容易。問題出在哪呢？

10
That is very interesting. What is it about?
それは興味深いですね。どんな内容なんですか？

聽起來很有意思。是什麼樣的內容？

11
It is all right like that. Thank you for your consideration.
それで大丈夫です。ご配慮ありがとうございます。

這樣就很好了。謝謝你的費心。

12
I would very much like to do that, but I don't think it is possible.
そうしたいのは山々ですが、ちょっと無理そうです。

我非常想試試看，不過難度應該很高。

閒話家常

會說這些就能通

1	Where do you (live/work)? お住まい／職場はどちらですか？ 您住哪裡？／您的公司在哪裡？
2	How was your flight? フライトはいかがでしたか？ 搭機還順利嗎？
3	When did you arrive? いつ到着されましたか？ 您什麼時候抵達的？
4	What restaurants do you recommend around here? この辺りにおすすめのレストランはありますか？ 這附近有推薦的餐廳嗎？
5	When did you first start working at this company? いつからこの会社で働いているんですか？ 您是從什麼時候開始到這間公司工作的？
6	That is a nice shirt! 素敵なシャツですね！ 您身上這件衣服真好看！

這樣應答好自然

▶ 話說回來，	By the way,	ところで、
▶ 順帶一提，	Incidentally,	ちなみに、
▶ 這麼說來，	That reminds me,	そういえば、
▶ 你呢？	And you?	あなたは？
▶ 很不錯耶！	Sounds good!	いいですね！
▶ 一定要去看看！	By all means, you should go!	ぜひ行ってみて！
▶ 當然好！	By all means!	ぜひお願いします！

7

I live in Tokyo. Have you ever been to Tokyo?
東京に住んでいます。東京にいらしたことはありますか？

我住東京。您到過東京嗎？

8

It was very pleasant. The coast was beautiful.
快適でした。海岸線がすばらしい眺めでした。

非常舒適。沿海的景色十分漂亮。

9

I arrived last night. I'm happy that the weather is nice.
昨晩到着しました。いいお天気で嬉しいです。

我是昨晚抵達的。真開心遇上好天氣。

10

There is a gallery nearby that I like. Shall we go there?
近くにお気に入りのギャラリーがあります。案内しましょうか？

這附近有一間我很喜歡的藝廊，要不要帶您去看看？

11

I have been working as director of the company since 2002.
2002年からこの会社でディレクターとして働いています。

我從 2002 年開始在這間公司擔任總監。

12

Thank you, this shirt was designed by my friend.
ありがとう、これは友人がデザインした服なんです。

謝謝，這是我朋友設計的衣服。

向人搭話

會說這些就能通

1	Excuse me, are you Abby? すみません、アビーさんですか？ 打擾一下，請問您是艾比嗎？
2	Abby! It's been a while! アビーさん！お久<ruby>久<rt>ひさ</rt></ruby>しぶりです！ 艾比！好久不見！
3	Do you remember me? I'm Mari. <ruby>覚<rt>おぼ</rt></ruby>えてますか？ <ruby>私<rt>わたし</rt></ruby>は<ruby>麻里<rt>まり</rt></ruby>です。 您還記得我嗎？我是麻里。
4	I am a big fan of (you/your work). あなた／あなたの<ruby>作品<rt>さくひん</rt></ruby> の大ファンです。 我是 您／您的作品 的忠實粉絲。　　　　　　　　⬭ p65-8
5	I am very happy to see you. お<ruby>会<rt>あ</rt></ruby>いできて<ruby>光栄<rt>こうえい</rt></ruby>です。 很榮幸能見到您。　　　　　　　　　　　　　　　⬭ p12-2
6	This is a wonderful exhibition. <ruby>素敵<rt>すてき</rt></ruby>な<ruby>展示<rt>てんじ</rt></ruby>ですね。 這次的展覽太棒了。

7

You seem well. What are you doing here?

元気そうですね。ここで何してるんですか？

您的氣色真好。您在這裡做什麼呢？

8

I didn't expect to meet you here! It really is a small world.

こんなところで会えるなんて！世間は狭いですね。

我們竟然能在這裡相見！世界真是太小了。

9

May I introduce myself? My name is Mari.

自己紹介してもいいですか？麻里と申します。

請容我自我介紹一下，我叫做麻里。　　　　　　　　　p14-1

10

I think we met before at the *ABC Award Ceremony*.

ABCアワードの授賞式でお会いしたかと思います。

我記得我們在 ABC 大賞的頒獎典禮上見過。

11

I was inspired by your work, "*Title*".

あなたの作品「Title」に感銘を受けました。

您的作品《Title》深深觸動了我。　　　　　　　　　p213-7

12

Could you sign this collection of works?

作品集にサインしていただくことはできますか？

能請您在這本作品集上簽名嗎？

13

Is it okay if I take a picture with you?

一緒に写真を撮っていただくことはできますか？

請問可以和您拍張照嗎？

14

Do you mind if I take a picture of the exhibit piece?

展示作品を写真に撮っても構いませんか？

請問可以拍攝展示的作品嗎？

介紹作品

會說這些就能通

1

This piece was (for a client/an original work).

この作品は クライアントワーク／オリジナルワーク です。

這件是 客戶訂製／原創 的作品。

2

I used digital painting to give a sense of transparency, like a watercolor.

水彩のような透明感を、デジタル彩色で表現しました。

我用數位上色的方式表現出水彩般的透明感。

3

I chose the design that I thought would be most attractive to the target audience, people who love cats.

猫に関心のあるターゲットに響くようにデザインしました。

以愛貓族為目標族群，我選擇了我認為最能夠引發共鳴的設計。

4

This is a TV anime that is supported by passionate fans.

これは熱狂的なファンに支えられている TV アニメ作品です。

這是一部擁有狂熱粉絲支持的電視動畫作品。

5

I was in charge of drafting the character designs.

わたしはキャラクターデザインの原案を担当しました。

我負責角色原型的設計。

6

I went to the actual location to do research and take photos.

実際に現地へ行ってリサーチと撮影をしました。

我實地進行了勘查和拍攝。

可以開口這樣問

▶ 您負責哪個部份？　　Which part were you in charge of?　　どのパートを担当されましたか？

▶ 整體概念是什麼？　　What is the concept?　　コンセプトは何ですか？

▶ 目標族群是誰？　　Who is the target audience?　　ターゲットは誰ですか？

▶ 曾經在哪些地方展出？　　Where was it exhibited?　　どこで展開されましたか？

▶ 效果／反映如何？　　How was the (effect/reception)?　　効果／反応 はいかがでしたか？

▶ 您的目標是什麼？　　What are you aiming for?　　あなたは何を目指していますか？

▶ 您想從事怎樣的工作？　　What kind of work do you want to do?　　どういった仕事をしたいですか？

這樣表達更清楚

7

An individual wanted us to design an invitation using poetry, for a garden party.

これはガーデンパーティーの招待状を、
詩を使ってデザインして欲しいという個人の方からのご依頼でした。

這是來自一位個人客戶的委託，他希望我們用詩句設計一款花園派對的邀請函。

8

This was a sound installation that was experienced by many people when it was exhibited in monastary ruins in Paris.

これはパリの修道院跡で展示されて、多くの方に体験いただいたサウンドインスタレーションです。

這是在巴黎一處修道院遺跡展出的聲音裝置藝術，當時吸引了許多人前來體驗。

9

These theater advertising tool and promotional goods were made at the request of a film distribution company.

これらは映画配給会社さんからの依頼で制作した、劇場用宣伝ツールと公開記念グッズです。

這些是一家電影發行公司委託製作的戲院宣傳素材以及紀念商品。

10

This allows the user to talk to a character on the registration screen, as a measure to increase the conversion rate.

これはユーザー登録画面でキャラクターとやりとりさせることで、
コンバージョン率を高めようとした施策です。

這是藉由讓使用者在登入頁面與角色人物產生互動來提升轉換率的策略。

11

This is the package design for baked goods, created and sold by a famous restaurant, that are very popular in airports.

これらは老舗のレストランが企画・販売する焼き菓子のパッケージデザインで、
空港で人気を博しています。

這些是為一家老字號餐廳負責製作及販售的烘焙點心所做的包裝設計，在機場非常受歡迎。

12

The project goal is to express the beauty of well-established local handiwork to a wide audience.

各地の暮らしに根付く手仕事の美しさを多くの人に伝えることが、このプロジェクトのゴールです。

這項計畫的目標是讓更多的人認識在地生根的手工藝之美。

電話應對

會說這些就能通

1

Hello? This is Mari.

もしもし、麻里です。

喂？我是麻里。

2

Hello, this is *BMN*.

こんにちは、BMN です。

您好，這裡是 BMN。

3

Could I ask your name?

お名前を伺ってもよろしいでしょうか。

方便請教您的大名嗎？

4

I'm sorry, could you repeat your company name?

すみません、もう一度会社名を伺えますか。

抱歉，可以再重複一次您的公司名稱嗎？

5

What is this regarding?

どのようなご用件でしょうか？

您有什麼事呢？

6

Thank you for the call. Good-bye.

お電話ありがとうございました。失礼します。

謝謝您的來電，再見。

這樣表達更清楚

7	This is Hara Sayaka from *BMN*. Is this Emma? (May I speak to Emma, please?) BMN社の原彩香です。エマさんですか？（エマさんに代わっていただけますか？） 我是 BMN 公司的原彩香。您是艾瑪嗎？（可以請艾瑪聽電話嗎？）
8	(He/She) is away from (his/her) desk. Can I take a message? 彼／彼女 はただいま不在にしています。ご伝言を承ります。 他／她 目前不在位置上。我可以為您留話。
9	Please wait a moment. I will patch you through to (him/her). 少々お待ちください。彼／彼女 に代わります。 請稍等一下，我請 他／她 來聽電話。
10	I will connect you to someone who can speak English, so please wait. 英語が話せる者におつなぎしますので、そのままお待ちください。 我將電話轉接給會說英語的人，請您在線上稍等一下。
11	Could you tell me how to spell (your name/your company's name)？ お名前／会社名 の綴りを教えていただけますか？ 可以告訴我您的 大名／公司名稱 怎麼拼嗎？
12	Could you tell me your (phone number/email address)？ 電話番号／メールアドレス を教えていただけますか？ 可以告訴我您的 電話號碼／電郵地址 嗎？
13	If it is all right, could you send the details by email? もしよろしければ、ご用件をメールで伺えますでしょうか？ 方便的話，可否請您透過電郵將細節發給我們呢？
14	I will contact you again once we have confirmed the details. 内容を確認させていただき、改めてご連絡します。 等確認過細節之後，會再與您聯繫。

視訊通話

會說這些就能通

1	Hello Jan. Can you hear me? こんにちは、ジャン。聞こえていますか？ 早安，珍。請問聽得見嗎？
2	Yes, perfectly. Hello, everybody. はい、完璧です。皆さん、こんにちは。 是的，完全沒問題。大家早安。
3	Your microphone is turned off. あなたのマイクがオフになっているようです。 您好像沒開麥克風。
4	Sorry, I muted myself accidentally. すみません、ミュートしてしまっていました。 不好意思，我不小心開成靜音模式了。
5	Is your camera turned off? カメラを切っていませんか？ 您是不是關掉鏡頭了？
6	Can you see all of us? 私たちがきちんと写っていますか？ 您看得清楚我們嗎？

7	Everyone seems ready. Let's begin. 皆さん大丈夫そうなので、始めましょう。 看起來大家都準備好了，那麼就開始吧！
8	I would like to talk while looking at the materials. Could you share your screen? 資料を見ながら話したいので、画面を共有してもらえますか？ 我想一邊看著資料一邊進行，可以與我共享您的螢幕畫面嗎？
9	I will share my screen. Can you see the materials? わたしの画面を共有しますね。資料が見えますか？ 那我就把畫面切換過來囉。可以看到資料嗎？
10	No, I can see you but I can't hear you. いいえ、あなたは見えるのですが、声が聞こえません。 沒辦法。可以看得見您，但是聽不到聲音。
11	You are cutting in and out. Can you reconnect? 途切れ途切れに聞こえます。接続し直せますか？ 聲音斷斷續續的。可以重新連線嗎？
12	I am the project manager, and joining me is our designer, Koki. こちらからはプロジェクトマネージャーの私とデザイナーの幸樹が参加します。 我是專案經理，與我一同參加的是我們的設計師幸樹。
13	The goal of this meeting is to set up our first tasks and schedule. このミーティングの目的は、最初のタスクとスケジュールの設定です。 此次會議的目的是設定初期目標及進度。
14	Thank you for coming today. Let's share our progress next week. 今日はお時間をありがとう。また来週進捗を共有しましょう。 感謝今天大家撥空參與。下週再分享各自的進度吧！　　　　p21-12

在工作場合打招呼

會說這些就能通

1
Hello.
おつかれさまです。（原意為「辛苦了」，亦可作為碰面時的打招呼用語）
哈囉。

2
I look forward to working with you today.
今日はよろしくお願いします。
期盼今天合作愉快。

3
I'm glad I could join you on this project.
この企画に参加できてとても嬉しいです。
我很開心有機會參與這個計畫。

4
Let's finish here for today.
今日はここまでにしましょう。
今天就到這邊告一段落吧！

5
Thank you for the hard work today.
おつかれさまです。（作為結束時的打招呼用語）
辛苦了。

6
See you later. Take care.
またね。お気をつけて。
改天見。回去時路上小心。

這樣表達更清楚

7

I will be in charge of as art direction today.

今回のアートディレクションを担当します。

我將擔任這次的藝術總監。

8

I will be acting as the director for today's shoot.

今日の撮影でディレクターを務めます。

今天的攝影工作由我負責執導。

9

The goal of our current project is to redesign the website.

今回のプロジェクトのゴールはサイトのリニューアルです。

此次專案的目標是網頁的改版。

10

I would like you to oversee the design of the English website.

あなたに指揮をとってもらいたいのは英語版サイトのデザインです。

這次希望您協助統籌英文版網頁的設計。

11

If there is anything you don't understand, ask Emma.

わからないことがあったら、エマに聞いてください。

如果有不清楚的地方，可以請教艾瑪。

12

I have to go take care of some other work. I will be back in one hour.

ちょっと別の仕事で抜けますね。1時間後に戻ります。

我得去忙一下別的工作，一小時後就回來。

13

I am going to go buy some coffee. Would you like anything?

コーヒーを買いに行ってきます。あなたも何か要りますか？

我去買咖啡。要幫您帶些什麼嗎？

14

I look forward to working with you tomorrow. Have a good night.

明日もよろしくお願いします。ゆっくり休んでね。

明天也麻煩您了。回去請好好休息。

在工作場合閒聊

會說這些就能通

1	Have you gone anywhere lately? 最近どこか行かれましたか？ 最近有去哪裡嗎？
2	Is there anything I can help you with? 今何かお手伝いできることはありますか？ 有什麼我幫得上忙的地方嗎？
3	What kind of work do you normally do? 普段はどういった仕事が多いですか？ 您平時都做些什麼工作？
4	I hope you will like it. 気に入ってもらえるといいのですが。 希望您會喜歡。
5	I'm happy to hear that. それを聞いて嬉しいです。 很高興聽到您那麼說。 p214-2
6	I thought it was amazing. あれは素晴らしかったです。 那真的太棒了。

這樣應答好自然

▶ 您先請。　　　　　After you.　　　　　　　　お先にどうぞ。

▶ 請用。　　　　　　Here you go.　　　　　　　これをどうぞ。

▶ 我想是那樣沒錯。／　I think so./I don't think so.　そう思います。／そう思いません。
　我不那麼認為。

▶ 那一定很棒。　　　That would be good.　　　　そうだといいですね。

▶ 要看情況。　　　　It depends.　　　　　　　　場合によりますね。

▶ 不，還沒。／現在還不用。　No, not yet./I've had enough for now.　いえ、まだです。／今は結構です。

▶ 當然。／當然不是。　Of course./Of course not.　もちろんです。／もちろん違います。

7

What kind of work are you doing lately?

最近は何の仕事をしていますか？

您最近在做什麼樣的工作？

8

Lately I have been directing the visual design for the cosmetic brand *Title*.

今携わっているのは、コスメブランド「Title」のビジュアルディレクションです。

我最近為化妝品品牌「Title」進行視覺設計的監製。

9

I normally work on the graphics for exhibitions and picture books.

私は展覧会のグラフィックや図録の仕事が多いですね。

我以參與展覽和圖錄的平面視覺設計居多。

10

Could you take a look at this? This is something I recently worked on.

これを見てもらえますか。最近手掛けた仕事です。

能請您幫我看一下嗎？這是我最近正在進行的工作。　　　　　　　　　🔗 p98-4

11

What is currently popular in London?

ロンドンでは今どんなものが流行っていますか？

倫敦現在流行些什麼呢？

12

I saw the music video you worked on for *Title*.

あなたが手掛けた「Title」のミュージックビデオを見ました。

我看了您參與製作的音樂錄影帶《Title》。

在工作場合表述心情／想法

會說這些就能通

1	It's very good. すごくいいです。 非常好。
2	I think it's wonderful. 素敵です。 很棒。
3	I really liked it. とても気に入りました。 我非常喜歡。　　　　　　　　　　　　　　🔗 p212-5, 240-3
4	Brilliant! 素晴らしい！ 太優秀了！　　　　　　　　　　　　　　　🔗 p64-4, 212-3
5	You did a great job! よくできました！ 做得很棒！
6	Wow, this is a good plan! さすが、いい工夫ですね！ 喔！真聰明的想法！　　　　　　　　　　　🔗 p235-8

這樣應答好自然

▶ 很棒！ That's good! いいね！

▶ 看起來不錯！ Looks good! いいね！

▶ 我喜歡！ I like it! いいね！

▶ 還差一點！ We're so close! 惜しい！

▶ 我不確定耶……（表示迷惘） I'm not sure... どうかな〜

▶ 行得通嗎？ Will it work? ありかな？

▶ 好像不太對。 Something's off. なんか違う。

7

(This way is/The other way was) better.

こちらのほうが／前のほうが いいと思いました。

我覺得 這次的／之前的 比較好。　　　　　　　　　　　🔗 p202-5

8

This is a little different from what I expected.

ちょっとイメージと違います。

這個和我預期中的不太一樣。　　　　　　　　　　　　🔗 p198-6

9

I would like it to make a softer impression.

もっと柔らかな雰囲気に仕上げたいです。

我希望能呈現出更柔和的感覺。　　　　　　　　　　　🔗 p195-8

10

I feel the background doesn't really fit.

背景がしっくりきていない気がします。

我總覺得背景好像哪裡不太對。

11

I think the decorations are somewhat excessive.

装飾が過剰かなという気がします。

我覺得裝飾得太過頭了。　　　　　　　　　　　　　　🔗 p242-4

12

It would be better if we had glossier materials.

もっと光沢感のある素材だったらいいのですが。

如果是用更有光澤感的材質應該會更好。

在工作場合下達指示／
提出請求

會說這些就能通

1
Could (you/I) check the photo?
写真をチェック して／させて もらえますか。
可以 幫我／讓我 確認一下照片嗎？

2
Could you teach me how to do that?
やり方を教えてもらえませんか？
可以教我怎麼做嗎？

3
Could you speed it up a little?
もう少しスピードアップできますか？
可以稍微加快速度嗎？

4
Let's give it one more effort.
あともう一息頑張りましょう。
我們再加把勁結束它吧！

5
I'd like to try something different.
違うもので試してみたいです。
我想嘗試一些不太一樣的。　　　　　　🔗 p202-3

6
I'm not sure about this part.
ここが気になります。
我對這部分有些疑問。

帶入情境好實用

▶ 再往 右／左 移動	More to the (right/left)	もっと右／左に
▶ 再往 上／下 一點	A little (higher/lower)	もう少し上／下に
▶ 往 順時針／逆時針 方向	Turn it (clockwise/counterclockwise)	時計回り／反時計回りに
▶ 朝 垂直／水平 方向	In a (vertical/horizontal) position	縦位置／横位置で
▶ 拉近／拉遠	Zoom in/Zoom out	寄って／引いて
▶ 用 俯視／水平 角度拍攝	Overhead view/Eye level shot	真俯瞰／斜俯瞰で
▶ 增加／減少 景深	Make the depth of field (shallower/deeper)	被写界深度を浅く／深く

7

Are you ready? Let's begin!

準備できましたか？そろそろ始めましょう！

準備好了嗎？我們開始吧！

8

Could you bring me the toolbox from that shelf?

棚にある工具箱を持って来てもらえますか？

可以幫我從架子上拿工具箱來嗎？

9

Could you make sure the colors match in the comprehensive layout?

デザインカンプに色を合わせてもらえますか？

可以幫我確認一下顏色有沒有和版樣詳圖相符嗎？　p194-4

10

It's not bad, but could you try it one more time?

悪くないけど、もう一度試してもいいですか？

是還不錯啦，但能不能再試一次看看？

11

Could we try changing the background?

一度背景を変えてみてもいいですか？

能不能換個背景試試看？

12

It looks slightly slanted. Could you fix that?

微妙に傾いているように見えます。直してもらえますか？

視覺上看起來好像有些微的傾斜，能不能調整一下？

在拍攝現場與被攝者互動

會說這些就能通

1
Please try to relax.
リラックスしてください。

請試著放輕鬆。

2
Could you put this on?
これを着てみてもらえますか？

可以穿上這件試試嗎？

3
I just want to fix your (hair/makeup).
髪／メイク を少し直しますね。

我幫您稍微調整一下 髮型／妝容。

4
That is exactly what we are looking for.
あなたは私たちのイメージにぴったりです。

您完全表現出我們想要的感覺。

5
Could you move to the (left/right)?
右／左 に移動してもらえますか？

可以請您往 右邊／左邊 移動嗎？

6
Do you want to take a break?
そろそろ休憩をとりますか？

您需要休息一下嗎？

帶入情境好實用

▶ 再 笑開一點／表情再嚴肅一點。 More of a (smile/serious face) please. もっと 笑顔で／真顔で。

▶ 再 自然／誇張一點。 Please look more (natural/exaggerated). もっと 自然体に／大げさに。

▶ 轉向這邊。 Face the camera. こっちを向いて。

▶ 轉向另一邊。 Look into the distance. 向こうを向いて。

▶ 轉向 右邊／左邊。 Face (left/right). 右／左 を向いて。

▶ 臉部／視線 朝上／朝下。 Turn your (face/eyes) (up/down). 顔／視線 を 上げて／下げて。

▶ 請 站到／坐在 那邊。 Please (stand/sit) there. そこに 立って／座って。

7

I am going to (change the set/adjust the equipment), so take a break in the meantime.

セットを変える／機材を調整する ので、少し休んでいてもらえますか。

我要去 變更一下佈置／調整一下設備，請您先稍微休息一下。

8

Could you act like that is a lawn and pretend to lie down on it?

そこを芝生だと思って、寝転んでいる振りをしてもらえますか？

能不能請您把那裡想像成草皮，做出躺在草地上的樣子？

9

Could you pose like this?

こんな感じでポーズしてみてもらえますか？

您能試著擺出這樣的感覺嗎？

10

That (pose/expression) is perfect! Stay like that!

今のあなたの ポージング／表情、完璧です！そのままで！

您剛剛的 姿勢／表情 太完美了！繼續保持！

11

Keep your eyes on the lens for the next few shots. Now, look away from the lens.

何枚かカメラ目線でお願いします。次は目線を外して。

接下來幾張請看著鏡頭。好，現在視線從鏡頭移開。

12

There are food and drinks here. Please help yourself.

飲み物や食べ物がここにあるので、好きにとってくださいね。

這裡準備了飲料和食物，請隨意取用。

好用的疑問句

會說這些就能通

1

Could I ask you something?

ちょっと聞_きいてもいいですか？

可以請教一下嗎？

2

What is this?

それは何_{なん}ですか？

這是什麼？

3

What is this called in (English/Japanese)?

これは 英語_{えいご}／日本語_{にほんご} で何_{なん}と言_いいますか？

這個用 英文／日文 怎麼說？

4

Excuse me, what does "elastic" mean?

すみません、「elastic」はどういう意味_{いみ}ですか？

不好意思，請問「elastic」是什麼意思？

5

Do you agree with this?

あなたはこれに賛成_{さんせい}ですか？

對此您贊成嗎？

🎧 p192-6

6

What do you think of this photograph?

この写真_{しゃしん}についてどう思_{おも}いますか？

您覺得這張照片怎麼樣？

🎧 p192-2

這樣應答好自然

▶ 該怎麼說呢？　How should I say this?　どう言ったらいいのかな？

▶ 您怎麼知道？　How do you know?　どうして知ってるの？

▶ 可以給我一個嗎？　Could I have one?　ひとつもらってもいい？

▶ 這太厲害了吧？　Isn't this great?　これってすごくない？

▶ 這是什麼意思？　What is the meaning of this?　どういうことなの？

▶ 那麼多！？　That much!?　そんなに！？

▶ 為什麼不行？　Why not?　なぜだめなの？

這樣表達更清楚

7

Do you like letterpress printing? Shall we use it for this project?

活版印刷は好きですか？今回の制作にも取り入れますか？

您喜歡凸版印刷嗎？我們要不要試試用在這次的企劃裡？

8

Do you have a larger reflector? Could I borrow it?

もっと大きなレフ板はありますか？貸してもらえますか？

您有沒有更大一點的反光板？可以借我用嗎？

9

How is it spelled? Could you write the spelling here?

それはどんな綴りですか？ここに書いてもらえますか？

請問該怎麼拼呢？可以幫我寫在這裡嗎？

10

Are things going smoothly? Could you help me with this?

順調ですか？これをちょっと手伝ってもらえますか？

還順利嗎？可以幫忙我處理一下這個嗎？

11

Do you know how to use a 3D printer? Could you show me how?

3D プリンターについて詳しいですか？説明してもらえますか？

您知道怎麼操作 3D 印表機嗎？可以教我嗎？

12

Do you think this looks good? Do you have any other ideas?

よい感じだと思いませんか？他にアイデアはありますか？

您覺得這看起來還行嗎？有沒有其他想法？

線上聊天…
應答如流好自在

你是否曾經透過通訊軟體與海外的創作者連線，或是被丟進工作群組裡，傻愣愣地看著大家用英語你一句我一句的大肆閒聊？明明應該是好用的工具，一旦大夥兒開啟閒聊模式，自己彷彿就變成了邊緣人……

想像一下，如果今天新的專案即將展開，而你被邀請加入共同工作空間，這時，是不是該先簡單打聲招呼、表明參加的意願？如果被別人標註，要記得即時地給予簡潔有力的回應。周全的的答覆當然也能明確傳達，或者簡單地回個貼圖對方也能明瞭，不過，一句即時而簡潔的回應更能令大家心安，讓一切進展得更順利！

→ 可以即時又自然地應答了！
→ 能夠掌握良好的對話節奏了！
→ 開始享受和大家輕鬆閒聊的時光！
就像這樣，透過順暢的溝通來提高團結力。值得一提的是，以英文閒聊的時候多數人會習慣直接用小寫取代首字大寫，或是省略撇號等等。這些細節就慢慢地觀察並向其他人學習吧！

打招呼與互動

會說這些就能通

1

I am the art director. My name is Mari.

アートディレクターの麻里です。

我是藝術總監麻里。

🔊 p14-2

2

Hello Mari.

こんにちは、麻里。

麻里，您好。

3

Is now a good time?/Are you there?

今大丈夫？／今いますか？

現在方便嗎？／在線上嗎？

4

I want to talk to you about the event on the 10th.

10日のイベントの件で相談です。

我想和您討論 10 號活動的事。

5

What time would you be able to talk?

何時頃なら打ち合わせ可能ですか。

您什麼時間方便討論呢？

6

Could we do a video conference this week?

今週ビデオ会議ができますか？

這禮拜可以召開視訊會議嗎？

這樣應答好自然

Is this right? 合ってる？ 這樣對嗎？	Please confirm it. 確認してね。 請確認一下。
Yes! そう！ 沒錯！	I'll confirm it. 確認するね。 我確認看看。
No! 違う！ 不對！	I'll do it now. 今やるよ。 我現在做。
I'll do it! やっとく！ 我來做！	I'll do it later. 後でやるよ。 我晚點做。
Yes, please! うん、お願い！ 嗯，拜託了！	I'll do it tomorrow. 明日やるよ。 我明天做。
That'll help! 助かる！ 幫大忙了！	This is how it looks right now. 今こんな感じ。 現在大概是這樣。
Thank you. ありがとう。 謝謝。	That's good! いいね！ 很不錯！
You're welcome. どういたしまして。 不客氣。	That's no good! ダメ！ 這可不行！
I know. わかる。 我懂。	It's going well. うまくいってる。 很順利。
Okay. わかった。 好的。	It's not going well. うまくいってない。 不太順利。

發佈資料／檔案

會說這些就能通

1
I will send today's agenda and materials.
今日の議題と資料を送ります。

我會寄出今天的議程和資料。

2
Here is an update on today's progress.
今日の進捗です。

這是今天的進度更新。

3
I will send the meeting minutes.
議事録を送ります。

我會寄出會議紀錄。

4
Please look it over.
目を通しておいてください。

請先過目。

5
This may serve as a reference.
これが参考になりそうです。

這個應該可以作為參考。

6
I found some interesting news.
興味深いニュースを見つけました。

我找到一些有趣的新聞。

We have a problem.
問題発生。
我們有麻煩了。

Please help!
たすけて！
拜託幫幫忙！

Could you look at this?
見てもらえる？
可以請您看一下嗎？

Please check it over.
見ておいてね。
請過目一下。

Understood!
了解！
知道了！

I've checked it.
チェックしました。
我確認過了。

I'm checking it now.
今確認した。
我剛確認了。

Please wait a moment.
ちょっと待ってて。
請稍等一下。

I'll be right back.
すぐ戻る。
我馬上回來。

I'm a little tied up right now.
今手が離せない。
我現在抽不開身。

Please prioritize this!
こっち優先で！
請優先處理這個！

Sorry for the late reply.
返事が遅くてごめん。
回覆晚了，很抱歉。

There's no need to hurry.
急ぎじゃないよ。
不用趕。

We won't make it in time.
間に合わないな。
我們趕不及了。

We have plenty of time!
余裕だね！
時間還很充裕呢！

Looking forward to tomorrow.
明日はよろしく。
明天就萬事拜託了。

No problem.
大丈夫。
沒問題。

Leave it to me.
任せて。
交給我吧。

I think I'll be all right.
なんとかなりそう。
應該沒問題的。

It didn't work out.
どうにもならなかった。
束手無策了。

51

適合商用場合的縮寫用法

常見縮寫用法

1
I'll text you back ASAP.
できるだけ早く返信します。

我會盡快〔as soon as possible〕回覆您。

2
The time and place are still TBA.
日時と場所は追ってお知らせします。

時間和地點有待公布〔to be announced〕。

3
IMO, there are two ways to do it.
私の考えでは、その方法は 2 種類あります。

在我看來〔in my opinion〕，有兩個方法可以解決。

4
The cost is low, but OTOH the quality isn't very good.
価格が抑えられる一方で、質はよくありません。

價格雖然低，但是另一方面〔on the other hand〕，品質也不好。

5
Could you send it to me by EOD?
今日中に送ってもらえますか？

可以請您在今日內〔end of day〕寄給我嗎？

6
Could you tell me the ETA?
到着予定を教えていただけますか？

可以請您告訴我預定抵達的時間〔estimated time of arrival〕嗎？

RFP (Request for proposal) ていあんいらい 提案依頼 需求說明書	**TBD** (To be decided) みてい　ごじつけってい 未定（後日決定） 尚未決定
RSVP (Répondez s'il vous plaît=please reply) ようへんしん 要返信 請回信	**JTLYK** (Just to let you know) と　いそ　し 取り急ぎ知らせます 謹此通知
NRN (No response necessary) へんしんふよう 返信不要 無須回覆	**TAFN** (That's all for now) いま　　　　　　　　　　ぜんぶ 今のところこれで全部です 這就是目前全部的進度
cf. (Confer=compare) さんしょう 参照 參照	**BTW** (By the way) ところで 順帶一提
e.g. (Exempli gratia=for example) たと 例えば 例如	**IOW** (In other words) つまり 也就是說
NB (Nota Bene=note well) びこう 備考 請留意	**FYI** (For your information) さんこう ちなみに（参考までに） 供您參考
WIP (Work in progress) さぎょうちゅう 作業中 工作進行中	**HTH** (Happy to help) や　た　　　　　うれ お役に立てたら嬉しいです 很高興能幫上忙
TBC (To be checked) かくにんちゅう 確認中 確認中	**IAM** (In a meeting) ちゅう ミーティング中 會議中
TNT (Till next time) こんど また今度 下次見	**OOO** (Out of office) がいしゅつちゅう 外出中 不在辦公室
NP (No problem) もんだい 問題なし 沒有問題	**TTYL** (Talk to you later) またあとで 待會聊

社群媒體…
透過網路來發聲

在這個透過敲擊鍵盤就能向全世界發出訊息的時代，隨著人與人使用著相同的介面，打破溝通的藩籬，此時要是能在貼文和回應留言時用上外語，勢必能擴展觸及的對象。話雖如此，你是否因為覺得每天要用英語發文實在太難，於是決定就地放棄？

然而某天，你完成了一張新的插畫，極度想與大家分享……就趁著這股衝勁發則貼文，再加上幾句外文解說吧！發文前記得再加上合適的英日語主題標籤（hashtag），帶著「我要讓全世界的人都看到我的貼文！」的心情，按下送出鍵吧！沒錯，讓作品在社群媒體上示人，遠比面對面談話來得容易多了。

→ 有海外的網友分享了我的作品！
→ 可以順利用外語回覆留言了！
→ 切身體會到與世界接軌的感覺！
一旦走到這一步，即便收到來自國外的私訊也不必再膽怯。社群媒體的訊息並沒有規定一定要回覆，因此只要留意遵守禮節規範，接下來就放鬆心情使用就好！只要能讓總是幫你按讚的外國人看到這些貼文並感到高興，其實就足夠了。

精簡的說明文

會說這些就能通

1
This is a new piece.
新作です。

新作品。

2
This is some work I did (recently/a while back).
最近／昔 の仕事（作品）です。

最近／以前 的作品。

3
I was in charge of the (design/illustration).
デザイン／イラスト を担当しました。

我負責 設計／插畫。

🎧 p61-11

4
This is (a rough draft/the production process).
ラフスケッチ／制作過程 です。

這是 草圖／製作過程。

5
This is part of "*Project Title*".
「プロジェクトタイトル」の一部です。

這是「企劃主題」的一部分。

6
Working on the film set today.
今日は撮影しています。

今天要進行拍攝。

帶入情境好實用

▶ 工作	Job	仕事
▶ 作品	Piece	作品
▶ 製作實況	Scene	制作風景
▶ 展覽	Exhibition	展示
▶ 活動	Event	イベント
▶ 產品	Works	グッズ
▶ 刊載	Article	掲載

這樣表達更清楚

7

This is *"Title"*, which is being exhibited at *BBQ Gallery*.

ギャラリー BBQ で展示している作品「Title」です。

在 BBQ 藝廊展示的作品〈Title〉。

8

This is *"Title"*, which will be presented at *BOU Festival*.

BOU フェスで発表する予定の作品「Title」です。

預計將在 BOU 活動祭上發表的作品〈Title〉。

9

This is *"Title"*, which appears in *BAN Magazine*.

雑誌『BAN』に載っている作品「Title」です。

刊載於雜誌《BAN》上的作品〈Title〉。 p61-10

10

This is the (illustration/cover illustration/cover design) for the book *BAG*.

単行本『BAG』の挿絵／装画／装丁 です。

為書籍《BAG》繪製的 插畫／封面插畫／封面設計。

11

These are the tote bags (white and navy blue) I am planning to sell at the *BEE Exhibition*.

BEE 展で販売する予定のトートバッグ（白と紺の 2 色展開）です。

預計將在 BEE 展販售的托特包（有白、深藍兩色）。

12

I saw Emma's exhibit at the *BIT Museum*.

BIT ミュージアムでエマさんの展示を観てきました。

我去 BIT 美術館看了艾瑪的展覽。

情感豐富的說明文

會說這些就能通

1
Check it out! It's finally finished!
見て見て！ついに出来ました！

快看快看！終於完成了！

2
I do this kind of art.
こんな絵を描いています。

我繪製這類型的畫作。

3
I take these kinds of pictures.
こんな写真を撮っています。

我拍攝這類型的照片。

4
It looks like this right now.
今こんなふうになっています。

現在大概到這個程度。

5
I made something like this.
こんなものを作ってみました。

我試做了這樣的東西。

6
I can't wait to see the completed work!
完成が待ち遠しい！

期待完成的一天！

帶入情境好實用

- ▶ 今天也盡力了！ | I worked hard today, too! | 今日も頑張った！
- ▶ 終於做完了！ | I finished my part! | やりきった！
- ▶ 好緊張！ | I'm nervous! | 緊張する！
- ▶ 今天的進度 | Today's progress | 今日の進捗
- ▶ 今天的作品 | Today's piece | 今日の一枚
- ▶ 插畫提案第一發 | First part of the illustration request | イラストリクエスト第一弾
- ▶ 塗鴉 | Doodle | 落書き

這樣表達更清楚

7

At last we have begun (preorders/sales)! Please take a look!

大変お待たせいたしました、予約／販売開始です！チェックしてね！

讓各位久等了，我們開放 預約／販售了！請記得來逛逛！

8

It's been a while since my last post! I have been busy with client work and progress on other work has stopped.

久しぶりの投稿です！仕事に追われて制作がままなりません。

好一段時間沒發文了！因為忙著處理業主的工作導致製作進度中斷。

9

The book's production sample has arrived! I hope the book sells very well.

本の完成見本が届いた！たくさんの人が手に取ってくれますように。

書的完稿樣本寄來了！希望能夠大賣！

10

I'm excited about my first challenge! I'll be happy if everyone can come.

初めての挑戦でドキドキです！みんなに来てもらえたら嬉しいな。

初次挑戰好令人緊張！大家如果能來捧場我會非常開心。

11

I'm very happy! It feels like my dreams have finally come true.

感激！ずっと夢見ていたことが叶いました。

超開心！長久以來的夢想終於實現了。

12

Thank you for voting me No.1! I'm glad you all took a look at it!

人気投票1位、ありがとうございます！見てもらえて嬉しい！

謝謝大家讓我獲選第一！很高興各位欣賞我的作品！

宣傳活動訊息

會說這些就能通

1

I will be on stage at *Design Day* on April 10th.
4月10日の「デザイン・デイ」に登壇します。

我將在4月10日的「設計日」登台。

2

I will take part in the *Tottori Design Expo*.
鳥取デザイン展に参加しています。

我會參加鳥取設計展。

🔗 p94-5

3

It will (open/be published) (soon/today).
もうすぐ／本日 公開／発売 です。

即將開展／發行；今天開展／發行。

4

This is to notify you of a new publication.
新刊のお知らせです。

新書情報。

5

(Our/My) work is now on sale!
作品の販売が始まりました！

作品開始販售了！

6

Our work has been nominated.
作品がノミネートされました。

我們的作品獲得提名了！

帶入情境好實用

▶ 活動情報	Event information	イベント情報
▶ 展期	Period	会期
▶ 展場	Location	会場
▶ 開展日／閉展日	Opens/Closes	オープン／クローズ
▶ 購買期間	Order period	受注期間
▶ 限時	Limited time offer	期間限定
▶ 畫冊販售中	Art book now on sale	画集 発売中

這樣表達更清楚

7

It has been covered by the web media outlet *BUG News*.

Web メディア「BUG News」で取り上げていただきました。

獲得網路媒體平台「BUG News」採訪報導。

8

I will be having an independent exhibition at the *BOX Atelier* in Ebisu from April 10th.

恵比寿の BOX アトリエで、4 月 10 日から個展が始まります。

我將在 4 月 10 日於惠比壽的 BOX 工作室舉辦個展。　　　　🔗 p94-4

9

I will be in the art gallery on Sunday. I look forward to seeing you.

日曜は終日在廊しています。ご来場お待ちしています。

星期天我將整日常駐畫廊，期待各位的光臨。

10

It has been covered in "*Collection Name*" in the April issue of "*Media Name*".

『媒体名』4 月号「特集名」に掲載されました。

《媒體名》4 月號「特集名」刊登了我們的作品。　　　　🔗 p57-9

11

I was in charge of the design and direction of the new brand "*HIGH LIFE*".

新ブランド「HIGH LIFE」のデザイン＆ディレクションを担当しました。

這次負責了新品牌「HIGH LIFE」的設計與指導。　　　　🔗 p56-3

12

"*Title*" won Best Work at the *12th Annual BMN Manga Awards*.

第 12 回 BMN 漫画賞において「作品名」が作品賞を受賞しました。

《作品名》在第 12 屆 BMN 漫畫獎獲得了作品獎。

註明版權與協力人員

會說這些就能通

1	*BMN* owns the copyright to this (work/content). この 作品／コンテンツ の著作権は BMN にあります。 BMN 擁有此 作品／內容 的著作權。
2	Material may not be reproduced, copied, or modified. 複製・模倣・加工は禁止しています。 禁止複製、抄襲或更改。
3	You can purchase it (in the *BMN* store/on the *BMN* website). BMN の 店舗で／Web で お取り扱いいただいております。 可於 BMN 的 實體店鋪／網站 購買。
4	Special thanks for the (assistance/cooperation) of: 以下の方々に ご尽力／ご協力 いただきました： 特別感謝以下人員的協助／合作：
5	Mari helped us with the styling. 麻里さんにスタイリングでお力を貸していただきました。 麻里協助我們造型的部份。
6	I am incredibly grateful for Mari's perfect work! 麻里さんの完璧な仕事に感謝！ 感謝麻里完美的工作成果！

帶入情境好實用

▶ 請注意：	Caution:	<ruby>ご注意<rt>ちゅうい</rt></ruby>：
▶ 經銷商：	Distribution:	<ruby>販売代理店<rt>はんばいだいりてん</rt></ruby>はこちら：
▶ 通路一覽：	Available locations:	<ruby>取扱店舗一覧<rt>とりあつかいてんぽいちらん</rt></ruby>：
▶ 聯絡方式：	Contact:	お<ruby>問<rt>と</rt></ruby>い<ruby>合<rt>あ</rt></ruby>わせはこちら：
▶ 製作／發表年份	(Production/Release) date	<ruby>制作<rt>せいさく</rt></ruby>／<ruby>発表年<rt>はっぴょうどし</rt></ruby>
▶ 原創／二創	Original work/Derivative work	オリジナル（<ruby>一次創作<rt>いちじそうさく</rt></ruby>）／<ruby>二次創作<rt>にじそうさく</rt></ruby>
▶ 出版商／製造商	Publisher/Manufacturer	<ruby>発行元<rt>はっこうもと</rt></ruby>／<ruby>製造元<rt>せいぞうもと</rt></ruby>

這樣表達更清楚

7
This is a new brand from *BMN*, who we've worked with many times before.
<ruby>何度<rt>なんど</rt></ruby>かお<ruby>仕事<rt>しごと</rt></ruby>させてもらっている、BMN の<ruby>新<rt>しん</rt></ruby>ブランドです。
這是曾與我們多次合作的 BMN 公司所推出的新品牌。

8
Please refrain from unauthorized reproduction, redistribution, resales.
<ruby>無断転載<rt>むだんてんさい</rt></ruby>・<ruby>再配布<rt>さいはいふ</rt></ruby>・<ruby>転売<rt>てんばい</rt></ruby>などはご<ruby>遠慮<rt>えんりょ</rt></ruby>ください。
未經授權請勿任意轉載、轉發、轉售。

9
This product was a collaboration with Higuchi Minami, who is an embroiderer.
この<ruby>商品<rt>しょうひん</rt></ruby>は<ruby>刺繍作家<rt>ししゅうさっか</rt></ruby>のヒグチミナミさんとのコラボレーションです。
這是與刺繡創作者樋口南聯名合作的商品。

10
I drew the illlustration "*Title*" at the request of *BMN*.
BMN さんからのご<ruby>依頼<rt>いらい</rt></ruby>で「Title」のイラストを<ruby>描<rt>か</rt></ruby>かせていただきました。
由 BMN 公司委託繪製的插畫〈Title〉。

11
We were able to create a wonderful product thanks to everyone's help.
<ruby>皆<rt>みな</rt></ruby>さんの<ruby>協力<rt>きょうりょく</rt></ruby>があって<ruby>素敵<rt>すてき</rt></ruby>な<ruby>商品<rt>しょうひん</rt></ruby>が<ruby>完成<rt>かんせい</rt></ruby>しました。
我們能完成這麼優秀的商品，都要歸功於各位的協助。

12
This project was completed thanks to the work of many people.
このプロジェクトはたくさんの人が<ruby>関<rt>かか</rt></ruby>わって<ruby>作<rt>つく</rt></ruby>り<ruby>上<rt>あ</rt></ruby>げたものです。
這項計畫的完成，要感謝許多人付出的努力。

回應他人的貼文

會說這些就能通

1
This is a great (piece/picture)!
よい 作品／写真 ですね！
很棒的 作品／照片！

2
The color tone is very beautiful!
綺麗な色調ですね！
好美的色調！

3
The composition is wonderful!
素敵な構図ですね！
精采的構圖！

4
You did a good job!
すばらしい仕事ですね！
你做得真棒！　　　　　　　　　　　　　　　　p38-4, 212-3

5
That's an interesting perspective.
面白い視点ですね。
很有趣的觀點。

6
This is a great collaboration.
素晴らしいコラボレーションですね。
真是夢幻的聯名組合。

這樣應答好自然

▶恭喜！　　　　　　　　Congratulations!　　　　おめでとう！

▶看起來 好好玩！／好有趣！　Looks fun!/interesting!　楽しそう！／面白そう！

▶真好～！／好羨慕！　　　Seems nice!/I'm jealous!　いいな～！／うらやましい！

▶好好吃的樣子！／想吃看看！　Looks tasty!/I'd love to try!　おいしそう！／食べてみたい！

▶可愛！／真美！　　　　　Cute!/Beautiful!　　　　可愛い！／綺麗！

▶超強！／請受我一拜！　　Amazing!/Hats off!　　　すご～い！／脱帽！

▶好想要！／想去！　　　　I want it!/I'd love to go!　欲しい！／行きたい！

這樣表達更清楚

7
How picturesque! I always look forward to your photos.

絶景ですね！いつもあなたの写真を楽しみにしています。

好壯麗的風景！每次都很期待你拍的照片。

8
This is very cool! I really enjoy your work.

すごくかっこいい！あなたの作品、大好きです。

超帥！我非常喜歡你的作品。　　　　　　　　　　　　　　　⌒ p26-4

9
Very fancy! I wish I could look so good.

すごくおしゃれ！真似してみたいです。

好時尚！我也好想試試。

10
Where is this? I'd like to go there.

ここはどこですか？ぜひ行ってみたいです。

請問這是哪裡？我也想去。

11
That seems very handy! Where did you buy it?

これは便利そう！どこで売っていますか？

這看起來好方便！請問哪裡有賣？

12
That was a good idea! It really helped us out.

いいアイデアですね！とても役に立ちました。

好棒的點子！真是幫大忙了。

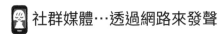
回覆留言

會說這些就能通

1	Thank you very much. どうもありがとう。 謝謝你。	
2	That's exactly right! そうなんです！ 完全正確！	p22-3
3	I think so, too. 私もそう思います。 我也這麼覺得。	p22-8, 234-4
4	That's very kind of you. 親切ですね。 你人真好。	
5	You're very kind. とても優しいですね。 你真善良。	
6	I'm glad you like it. 気に入ってもらえてよかったです。 很高興你喜歡。	

這樣應答好自然

▶ 歡迎追蹤我。　　　　　　Please follow me.　　　　　フォローしてね。

▶ 我也追蹤你囉。　　　　　I'll follow you back.　　　　フォローバックするね。

▶ 謝謝你追蹤我。　　　　　Thank you for following me.　フォローありがとう。

▶ 謝謝你按讚。　　　　　　Thank you for the like.　　　いいねありがとう。

▶ 謝謝你的留言。　　　　　Thank you for the comment.　コメントありがとう。

▶ 我傳私訊給你。　　　　　I'll DM you.　　　　　　　　DM するね。

▶ 請便！（收到追蹤要求或　Please, feel free!　　　　　どうぞ！
　 轉發貼文的詢問時）

這樣表達更清楚

7	Thank you for your kind words. そんなふうに言ってもらえて嬉しいです。 謝謝你的讚美。
8	This is an old piece. I'm glad you noticed it. 昔の作品なんですよ。目に留まって嬉しいです。 這是我以前的作品，很開心你注意到它。
9	I'm glad you have such an interest in my work. 私の作品に興味を持ってもらえて嬉しいです。 很高興你對我的作品有興趣。
10	My work is also on display here, so if you are interested, please take a look. よかったらここでも作品を公開しているので見てみてください。 我的作品也會在這裡公開展示，有興趣的話歡迎參觀。
11	You really have inspired me. I would be happy if you would come and take a look again. 励みになります。また見てもらえたら嬉しいです。 你給我很大的鼓勵。希望你能繼續支持關注。
12	I would very much recommend it! Please give it a try. おすすめです！ぜひ試してみてください。 我非常推薦！你一定要試試。

編輯個人簡介

A Designer with a dee... for a de... eate Cat... films. musi... My work has be

日常生活中需要自我介紹的機會不少，但通常還是令人感到渾身不自在，即便使用母語也常常不知道該如何下筆，是吧？然而在社群媒體上，當有人從貼文連結到你的帳號或是分享了你的作品集，有沒有附上外語的個人簡介將帶來很大的差別。

比方說，要是你剛好這個月心血來潮，想把網站更新一下……不妨就趁這個機會思考一下展現個人風格的英語自我簡介吧！一開始只需要一句代替問候的短語即可。接著，試著想像「閱覽者會想知道哪些資訊？」、「什麼事情最想傳達給對方？」依據自己的目的加上最有效果的內容。請記得，**首要之務就是要向大家傳達「你是什麼人」**。

→ 在社群媒體上新增了英語的個人簡介！
→ 附上外文的簡歷，替作品集網站附上雙語！
→ 參考各國創作者的個人介紹，完成一份具有個人特色與魅力的簡介！
如果能做到這些，那麼當遇到來自海外的媒體向你索取個人簡介時，就絕對不會感到驚慌失措了。

簡潔又平易近人的
個人簡介

本篇將帶各位思考如何用 2～3 行的句子涵蓋名字與介紹文，寫出展現自我特質的簡介。無論是在作品貼文或郵件中當作署名，或是在社群媒體上作為個人檔案使用，寫一段簡短俐落的文字來介紹自己平時的工作或是正在進行的創作活動吧！

1

I draw illustrations. Please send all job requests here.

イラストを描いています。
お仕事のご依頼はこちらから。

經營插畫。如有合作需求請由此聯繫。

2

A designer with a deep love for cats. Feel free to contact me anytime.

猫をこよなく愛するデザイナー。
お気軽にご相談ください。

一個愛貓的設計師。歡迎隨時聯繫。

3

I am a typography enthusiast. Like keeping a diary, I design new fonts every day.

タイポグラフィ愛好家です。
毎日、日記のように文字をデザインしています。

字型愛好者。好比寫日記一樣，每天都在設計新的字型。

4

I create music and films. My work has been presented in places such as the *Media Art Festival* and an exhibition at *BIT Museum*.

音楽と映像を制作しています。
これまでに「メディアアートフェスティバル」や BIT ミュージアムの企画展で作品を発表。

從事音樂與影像製作。作品曾發表於「媒體藝術祭」與 BIT 美術館企劃展。

5

An illustrator whose hobbies are travelling and hiking. *Mountains* (pub. *BMN*), a collection of my work so far, has been published to rave reviews.

旅とトレッキングが趣味のイラストレーター。
これまでの作品を集めた本「山々」（BMN 刊）絶賛発売中です。

愛好旅行與健行的插畫家。著作《山群》（BMN 出版）集結了個人過往至今的作品，好評發售中。

6

Researcher in the R&D department of Company. I work on planning, editing, and writing for various companies. Please DM any inquiries.

企業の R&D 部門のリサーチャー。
複業で企画・編集・執筆などやっています。お問い合わせは DM で。

企業研發部研究員。同時也經手企劃、編輯、撰文等外包接案。歡迎私訊聯繫。

7

Photographer. I also do shooting for advertising material and profile shots. Send requests for my portfolio or job offers to my email.

写真家。宣材やプロフィール写真の撮影も承っています。
ご依頼、ポートフォリオの請求はメールでお問い合わせください。

攝影師。接受委託拍攝宣傳素材與個人照。索取作品集或合作洽詢請透過電子郵件聯繫。

8

Web designer. Currently working at *BMN*. My work combines technology and design. I have 10 years experience.

Web デザイナー。BMN 所属。技術とデザインをつなげています。
10 年以上経験あり。

網頁設計師。BMN 員工。工作內容結合技術與設計。具備十年以上資歷。

強調經歷的個人簡介

接下來，試著挑戰 100 字左右的自傳。首先是能夠讓人了解你至今為止的人生經驗，以經歷為主的自我介紹。包括學歷、職歷或者曾經從事的工作，試著寫一篇回顧足跡的簡歷吧！

1

Born in Funabashi City, Chiba Prefecture, in 1981. Graduated from *Chiba Zokei University*, Faculty of Art and Design, in 2003 with a major in oil painting. After graduation, I joined *Ishii Design Office* and began working as a designer. After being involved with various projects in advertising and branding, I left *Ishii Design Office* to pursue work as a freelance illustrator. My illustrations have received widespread acclaim for their sense of warmth, and I am currently involved in a wide range of projects, including illustration and designs for advertising, visual identity, packages, and magazine covers. In the last few years, I have begun working on art books, and will see the publication of my third book in spring 2020.

1981 年千葉県船橋市に生まれ、2003 年に千葉造形大学の絵画学科油画専攻を卒業。卒業後、イシイデザイン事務所に勤務し、デザイナーとして活動する。広告制作やブランディングに携わった後、フリーランスのイラストレーターとして独立。温かみのあるイラストレーションが好評を博し、広告、ビジュアルアイデンティティ、パッケージデザイン、雑誌の挿絵などを手がけ、幅広く活躍している。近年、絵本の制作にも力を入れており、この春 3 冊目を出版する。

1981 年出生於千葉縣船橋市，2003 年千葉造型大學繪畫系油畫組畢業。畢業後進入石井設計事務所，擔任設計師一職。在參與了多數廣告製作與品牌行銷計畫後，以自由插畫家的身份獨立接案。溫暖的插畫風格備受好評，目前參與過廣告設計、企業識別、包裝設計與雜誌封面插畫等多方領域。這幾年，亦開始投入繪本製作，這個春天即將出版第三本作品。

2

Apprenticed under Ejima Masamichi at Nippon Photography College.

日本写真専門学校で江島勝道に師事する。

就讀日本攝影專門學校，師承江島勝道。

3

I left the company after I moved, and went freelance.

移住を機に会社を退職し、独立する。

以移居為契機離開原本的職務，成為自由工作者。

4

After working at *Ishii Design Company*, I went freelance in 2020.

イシイデザインカンパニーを経て、2020 年に独立。

曾任職於石井設計公司，2020 年開始獨立接案。

5

After working as a planner, I became a designer and established my own studio.

プランナーを経てデザイナーになり、アトリエを構える。

曾任策劃人員，後轉職為設計師，並成立了個人工作室。

6

My biggest projects include rebranding for *Josenji Temple* and designing the logo for *Chipflex*.

主な仕事に、上煎寺のリブランディング、Chipflex のロゴなど。

主要經手過的案子包括為上煎寺進行品牌再造，以及為 Chipflex 設計商標等。

7

As the co-founder of *BMN*, I lead the creative team.

BMN の共同創業者として、クリエイティブチームを率いる。

我以 BMN 共同創辦人的身份帶領創意團隊。

8

I am involved in applications aimed at children.

子どもをターゲットにしたアプリの制作に携わる。

我曾參與製作以孩童為目標族群的應用程式。

9

I do all kinds of work, with a focus on web design.

Web デザインを中心に幅広く活動する。

我的工作擴及多方領域，其中以網頁設計為主。

強調獲獎紀錄的
個人簡介

再來要介紹如何將過去的獲獎紀錄放入個人簡介中，讓別人能夠明白你在何時獲得過哪些獎項。除了列出獲獎成果的紀錄，也可以在經歷中穿插介紹你曾獲得過特別值得一提的獎項。

Born in 1983. Began work as a professional photographer in 2004. Was awarded the 32nd *Excellence in New Age Photography Award* in 2009 for the independent production "*Boy*". Awarded the 42nd *Kidansha Publications Cultural Award Photography Prize* in 2011. Afterwards, worked on projects themed on the connections between people. Awarded the *BMN Talent Call Award* in 2013, and took part in the travelling exhibition for the award show. Main solo exhibitions include "*Living*" in 2010 (*Open Gallery 1*) and "*House Hunting*" in 2016 (*Place B*).

1

1983年生まれ。2004年からフォトグラファーとして活動を始める。2009年に自主制作作品「Boy」で第32回写真新時代優秀賞を受賞。2011年に第42回奇談社出版文化賞写真賞を受賞する。以降、人と人とのつながりをテーマに連作を作り始める。2013年にBMN Talent Call賞を受賞し、同賞の巡回展に参加。主な個展に2010年「生きている」（オープンギャラリー1）、2016年「House Hunting」（Place B）。

1983 年出生。2004 年起展開攝影活動。2009 年的獨立製作作品《男孩》獲得第 32 屆新時代攝影獎優賞。2011 年獲得第 42 屆奇談社出版文化獎攝影獎。其後，開始一連串以人與人的連結為主題的攝影計畫。2013 年榮獲 BMN Talent Call 獎，並參加該獎項之巡迴展。曾舉辦的大型個展包括 2010 年「活著」（Open Gallery 1）與 2016 年「找房子」（Place B）。

2	Graduation project has been shown in over 10 international short film festivals.
	卒業制作が 10 以上の国際短編映画祭で上映される。
	畢製作品曾於 10 餘個國際短篇電影節公開上映。
3	Recipient of many national prizes, including the *A&AB Top Prize* and the *Monaco Lions Gold Prize*.
	A&AB 最高賞、モナコライオンズ金賞など、国内外で受賞多数。
	曾獲多數國家級獎項，如 A&AB 最高獎、摩納哥獅群獎金獎等。
4	Selected to design the cover of the *BMN* Calendar Competition.
	BMN カレンダーコンペティションのカバーに選出。
	作品獲選 BMN 月曆競賽封面設計。
5	Chosen as one of the ten most creative food designers in the world by the magazine *BAN*.
	『BAN』誌において、世界で最もクリエイティブなフードデザイナー 10 人に選出。
	受《BAN》雜誌獲選為世界 10 大最有創意的食物設計師之一。
6	Now taking part in various group exhibitions after being asked by galleries and buyers.
	ギャラリーやバイヤーから声がかかり、数々のグループ展に参加する。
	應藝廊與收藏家之邀，參與多數聯合展覽。
7	Invited to the *Monaco Lions* event in 2018, and worked on the opening act.
	2018 年にはモナコライオンズに招待され、オープニングアクトを務めた。
	2018 年獲摩納哥獅群獎之邀，負責開幕演出。
8	Part of the jury for the *Monaco Lions* and *A&AB* events in 2019.
	2019 年には、モナコライオンズや A&AB での審査員を務める。
	2019 年擔任摩納哥獅群獎與 A&AB 獎評審團一員。
9	Work has been published in various media outlets, such as the magazine *BAN*.
	BAN magazine など、メディアでの作品掲載多数。
	作品曾獲《BAN》雜誌等多家媒體報導。

強調專長的個人簡介

再來，如果你想要更突顯自己的專業領域或特殊長才，藉此強調自我優勢，則推薦撰寫一篇以個人專長為重點的自我簡介。雖然多少有些自我推銷的意圖，不過這是讓潛在客戶安心與你接洽工作的好辦法。

Graphic designer based in Tokyo. Founded *TEAM* in 2000, and currently act as the company president. With my skills in book design, I have worked on various projects ranging from local magazines to bestsellers. Presently I am involved with the designs for various publications, including innovative art books that avoid being constrained by mainstream ideals, as well as simple yet refined works of literature. During my history as a designer, I have worked on over 500 books and magazines. I am also valued for my skill in swiftly drafting up a rough sketch while meeting a client.

1

東京を拠点に活動するグラフィックデザイナー。2000 年に TEAM を設立、主宰。ブックデザインを得意とし、ローカルマガジンからベストセラーまで幅広く手がける。既存の価値観に囚われない斬新なアートブック、シンプルで優美な文芸書など、さまざまなスタイルの冊子に対応。これまでデザインした書籍・雑誌の数は500 冊にも上る。クライアントとの打ち合わせ時にラフを手早く制作することに定評がある。

以東京為主要活動據點的平面設計師。2000 年成立「TEAM」團隊並擔任最高負責人。擅長書籍設計，從地方誌到暢銷書都曾多方參與製作。目前接洽的案子包括突破既有價值觀展現創新設計的藝術書籍，以及素簡優美的文學書等風格各異的出版物。從事設計行業以來已經手超過 500 本書籍與雜誌，能夠在會議時快速提出草案的能力也廣受客戶好評。

2	I am skilled at geometric styles in particular. 特に幾何学的な表現を得意とする。 我特別擅長幾何圖像設計。

3	With a core focus on visual design, I am also skilled in video production and exhibition designs. ビジュアルデザインを軸足に、映像制作、展覧会のデザインまで行う。 以視覺設計為主軸，同時也擅長影像製作、展覽設計等項目。

4	I can design in various styles depending on your proposal. 案件に応じてさまざまなスタイルのデザインを制作。 能夠依客戶需求設計出不同風格的作品。

5	I have worked on over 200 mobile applications. 200 以上のモバイルアプリケーションを手がける。 曾負責製作超過 200 個手機應用程式。

6	I can offer a diverse set of illustrations, from icons to spatial art. 提供できるイラストレーションはアイコンから空間まで多岐にわたる。 插畫接案類型多元，小至圖標、大至空間藝術。

7	I can offer well-defined ideas and a clear-cut productionprocess from concept to completed product. 明快なアイデア＆アウトプットを提供する。 我可以提供明確的發想，從概念到成品規劃出清楚的製作流程。

8	I can direct anything, from audio recordings to video. 音響デザインから映像制作まで、トータルなディレクションが可能。 從音效設計到影像製作，提供全方位的監督指導。

9	I put effort into working on branding for local and regional government organizations. 自治体との協働や地域のブランディングに力を入れている。 我將心力投注在各地域及地方政府的品牌塑造。

強調理念（展望）的
個人簡介

最後，思考一下該如何寫出讓人理解你身為創作者或設計師有哪些特殊堅持與中心思想的自我簡介吧。從個人觀點到偉大志向，以明確的態度喚起別人對你的興趣與共鳴。國外的創作者通常很擅長寫出這樣的文字！

1

I am a Japanese illustrator. Drawing inspiration from my experiences working in the corporate world, my art evokes the sense of loneliness that permeates the glittering city. With the theme of spaces where people never seem to be able to see each other, otherwise casual scenes are given a strange sense of sadness. My client work is highly praised for its delicate expressions and sense of uniqueness, and I have worked on various projects including books, magazines, art for CD covers, and fashion brands. My belief is that art drawn with passion will reach the hearts of lonely people.

日本のイラストレーター。会社員として働いていた時の想いをインスピレーションの源として、煌びやかな都会に漂う孤独感を描く。人と人の視線が交わらない空間をテーマとして掲げ、何気ない風景にどこか寂しげな印象を持たせている。クライアントワークでも繊細な表現と独自の存在感が高く評価され、書籍や雑誌、CD ジャケットのアートワークやファッションブランドとのコラボレーションなど多様な媒体で活動中。情熱を持って描いた絵は人の孤独に届くと信じている。

來自日本的插畫家。以過去作為上班族的心情為靈感來源，描繪出漂蕩在光鮮亮麗的大都會中的孤寂感。以人與人視線不相交會的空間為主題，為日常風景添增一抹寂寞的氛圍。接案作品亦以細緻筆觸與獨特風格獲得高度好評，目前經手的案子包括書籍、雜誌與 CD 封面的美術設計，以及與時尚品牌的聯名活動等各項跨領域計畫。我相信自己投注熱情繪製的插畫，必能觸動到人們孤寂的心。

2

I drew inspiration from the nature of my hometown.

故郷の自然をインスピレーションの源とする。

以故郷的自然景觀為創作靈感來源。

3

I work on pieces with the theme of a small but imaginative mind.

小さな遊び心をテーマに作品を制作する。

以小小的玩心為主題創作。

4

I am greatly influenced by Japanese literature and handicrafts.

日本文学と工芸に強い影響を受けている。

深受日本文學與工藝影響。

5

We are a technology firm that intersects various fields of design.

多様なデザイン領域を横断するテクノロジーファーム。

我們是一家跨足多元設計領域的科技公司。

6

We are a design innovation firm that renews their client companies' future plans and sense of values.

企業の未来図や価値観を更新するデザインイノベーションファーム。

我們是一家以更新企業客戶的未來願景與價值觀為宗旨的創新設計公司。

7

I pursue expressions that will bring about new discoveries and studies through mathematical beauty.

数学的な美を通して、新しい気づきと学びをもたらす表現を追求している。

我期盼透過數學之美,創造出能夠帶來全新發現與學識的表現。

8

Our company has constructed a service that enriches society from a well-being point of view.

ウェルビーイングの観点から社会を豊かにするサービスを構築する。

本公司從人類福祉的觀點建立起有助於社會富足的服務。

9

With the concept of "thinking with your hands," I draft my plan while listening to a client's needs.

「手を動かして考える」をコンセプトに、ライブでオーダーメイドな提案を行う。

我以「動手思考」為理念,在聆聽客戶需求的同時提出企劃方案。

電子郵件…
掌握架構不失禮

現在，你已經可以透過網路讓全世界看到自己的作品了。這時，你突然收到了一封來自海外的郵件，信中對你的作品展露出濃厚興趣。「可以委託您設計嗎？」「您願意參展這次的活動嗎？」「能夠曝光您的作品嗎？」……面對這些問題，雖然馬上就能答覆 YES 或 NO，但回信時該怎麼開頭？結尾又該怎麼辦？直接從商用郵件範本複製貼上的話好像又顯得太過生硬，或是不確定收件人資訊該如何寫？署名時要特別留意些什麼？如此這般，一旦開始講究架構形式，就會在回信時浪費不必要的時間。

如果你現在正好收到一封來自海外的郵件並打算視而不見，快趁這個機會好好面對，從常見開頭、常見結尾中挑選合適的句子來回信吧。其實只要有能撐場面的起頭與收尾，就能寫出一篇像樣的外文郵件了。

一旦熟悉了如何回信，你將……
→ 不再因為寫不出來而拖延了回信時間！
→ 用範本速戰速決，寫出重點明確的回信！
→ 就算頻繁往來信件也不再痛苦！
當你能夠想出合適的主旨時，想必要自己主動發信也就變得輕而易舉了。

 電子郵件…掌握架構不失禮

主旨的寫法

會說這些就能通

1
Request for graphics: From Japanese magazine "*BAN*"
グラフィック提供のお願い：日本のマガジン「BAN」より

繪圖委託：來自日本《BAN》雜誌

2
(Minutes/Agenda): April 10th *BON Conference*
議事録／議題：4月10日「BON カンファレンス」打ち合わせ

會議紀錄／議程：4月10日「BON Conference」會議

3
Estimate for "*Infinite Design*" (Working Title)
「Infinite Design（仮題）」見積書をお送りします

附上「無限設計（暫名）」預算表

4
Follow-up: Last Tuesday's meeting in Tokyo
フォローアップ：先日の東京でのミーティング

進度追蹤：上週二在東京的會議

5
Please check: "*Infinite Design*" contract draft
ご確認のお願い：「Infinite Design」契約書草案

請確認：「無限設計」合約草案

6
Introduction and request for cooperation at *AW Collection*
AW コレクションのご紹介およびご協力のお願い

AW 系列介紹暨合作邀請

簡潔明瞭這樣說

Request for estimate お見積りのお願い 請提供估價	**Request for catalog** カタログのリクエスト 索取產品目錄
Regarding the matter of commercial use 商業利用に関する問い合わせ 有關商用的諮詢	**Question regarding your company's services** 貴社サービスに関する質問 有關貴社服務的問題
An error in the invoice 請求書の誤りの件 有關請款單的錯誤	**Invitation to the exhibition** 展示会へのご招待 敬邀參展
Planning proposal 企画のご提案 企劃提案	**Portfolio attached** ポートフォリオの送付 附上作品集
Information on my past projects 制作実績（私が手がけた作品）のご案内 關於過去經手的作品	**Inquiry Regarding Design Work** デザイン制作ご利用のお伺い 有關設計成品的使用諮詢
Requesting a meeting ミーティングのお願い 會議邀請	**Notification of upload/update** データ アップ／更新 のお知らせ 資料上傳／更新 通知
Please confirm the schedule スケジュールの確認 請確認行程	**Update: Project "Title"** 情報更新：プロジェクト「Title」 進度更新：「Title」計畫
Confirmation of reservation: April 10th, 2020 予約の確認：2020 年 4 月 10 日 預約確認：2020 年 4 月 10 日	**Change in delivery (date/schedule)** 納品日／スケジュール の変更 交貨日／交貨進度 變更通知
Today's progress/ Tomorrow's task 今日の進捗／明日のタスク 今日的進度／明日的課題	**Request for (a correction/ confirmation/permission)** 修正／確認／許可／依頼 煩請 修正／確認／核可
Apology for the product's cancellation 商品キャンセルのお詫び 針對取消訂單致上歉意	**Thank you for your dedication** 献呈のお礼 感謝您的貢獻

稱謂與祝詞

稱謂

1	Dear (Mr./Ms.) Alba アルバさんへ （以姓氏作為稱謂時）親愛的阿爾巴（先生／小姐）
2	(Dear/Hi/Hello) Emma エマへ （以名字做為稱謂時）艾瑪好
3	Dear (sir/madam) はいけい 拝啓 （無從得知稱謂時）（先生／女士）您好
4	To whom it may concern かんけいかくい 関係各位 敬啟者
5	Dear colleagues みな 皆さまへ 各位好
6	Dear director たんとうしゃ ご担当者さまへ 致負責人

拉近關係後可以這樣用

▶ 那麼再聊了。	All right then.	ではでは。
▶ 祝好。	Hoping you are well.	ごきげんよう。
▶ 祝你好運！	Good luck!	幸運を！
▶ 祝你有個愉快的 一天／週末！	Have a nice (day/week)!	よい 一日／週末 を！
▶ 請繼續跟進。	Following up.	引き続き。
▶ 感謝。	Thank you.	ありがとう。
▶ 下次聊。	Let's talk soon.	またすぐに話しましょう。

祝詞

7	Sincerely, 誠意をもって 誠心祝福
8	Regards, 敬具 祝順心
9	Yours truly, 再拝 敬上
10	Yours respectfully, 敬白 謹啟
11	Cordially, 真心を込めて 真摯祝福
12	Warm regards, 温かい気持ちと敬意を込めて 獻上溫暖的問候

開頭與結尾

開頭

1

Hello. My name is Hara Sayaka, from *BMN*.

こんにちは、私は BMN 社の原彩香と申します。

您好，我是 BMN 公司的原彩香。

2

Thank you for getting in touch.

この度はお問い合わせありがとうございました。

謝謝您的聯繫。

p102-6

3

My name is Hara. You contacted me on April 10th.

4月10日にご連絡をいただいた、原と申します。

我是 4 月 10 日與您聯繫過的原。

4

I feel honored to have received such a kind email.

このような嬉しいメールをいただき、光栄です。

我很榮幸能收到如此令人雀躍的郵件。

p118-2

5

I am sorry for taking so long to reply.

あなたへのお返事が遅れて申し訳ございません。

回覆晚了，非常抱歉。

6

I ran across your website and decided to write to you.

あなたのサイトを拝見して、初めてご連絡差し上げます。

我在造訪了您的網站之後，決定寫信給您。

帶入情境好實用

▶ 寄這封信給您是有關～	Sending this email with regards to~	～が理由でこのメールを送ります。
▶ 想通知您有關～	I wanted to notify you about~	～についてお知らせします。
▶ 關於～的一些問題	I had a question about~	～について質問があります。
▶ 想詢問有關～	I wanted to ask you about~	～についてお伺いしたいです。
▶ 我再寄～給您	I will be sending~	～をお送りします。
▶ 有關～請再通知我	Please let me know about~	～について知らせてください。
▶ 請於～前回信	Please reply by~	～日までに返信してください。

結尾

7

I await (your answer/the good news).

ご回答／よい知らせ をお待ちしています。

靜候您的 回覆／好消息。　　　　　　　　　　　　　　　　⬧ p100-6

8

I am sorry to bother you, but I would be very grateful for your response.

お手数ですが、ご対応いただけると助かります。

抱歉打擾您，希望您能抽空回覆。

9

If anything is unclear or you have any requests, please don't hesitate to contact me.

ご要望やご不明な点がありましたら、お気軽にお問い合わせください。

有任何需求或者不清楚的地方，歡迎隨時聯繫。　　　　　　⬧ p100-4

10

If I can be of help in any way, please let me know.

お力になれることがあれば、お知らせください。

有任何幫得上忙的地方，請不吝告知。　　　　　　　　⬧ p98-5, 120-6

11

I am praying for your success.

あなたが成功するようお祈りしています。

願您成功。

12

I look forward to working with you again.

今後ともよろしくお願いいたします。

期待再次合作。

因應各種情境的
實用句型

一旦展開工作或製作上的溝通，就一定會碰到創意產業特有的句型表現。這種時候如果能事先根據不同情境記下各種用字遣詞的話……實用句型在此刻便能派上用場！

終於有一天，你接到了委託的信件並且打算回覆對方！這時，快來選一句最切合實際情況的句子吧！除了直接套用範本，也可以試著將前後句子進行變化組合或是替換其他語句，依狀況自行改動編排。就讓這本書陪著你，順利突破每個情境吧！

洽詢

提問

會說這些就能通

| 1 | When will these products be on sale?
これらのグッズはいつ発売になりますか？
這些商品什麼時候開始販售？ |

1
When will these products be on sale?
これらのグッズはいつ発売になりますか？
這些商品什麼時候開始販售？

2
Is it possible to order your product from Japan?
あなたの商品を日本から注文することはできますか？
請問可以從日本訂購您的商品嗎？

3
What do you normally do for work?
普段のお仕事は何をされていますか？
請問您平時做什麼工作？

4
What tools do you use in your work?
制作にはどんなツールを使っていますか？
請問您在創作時會使用哪些道具？

5
Are you recruiting any external staff?
外部スタッフを募集していますか？
請問有對外招募的職缺嗎？

6
Are you accepting portfolios right now?
ポートフォリオの送付を受け付けていますか？
請問方便寄作品集給您嗎？

這樣表達更清楚

7

The product I ordered on June 5th hasn't arrived yet. Could you let me know what the status of delivery is?

6月5日に注文した商品がまだ届かないのですが、ご確認いただけますか。

我在6月5日訂購的商品目前還沒收到，可以請您確認看看嗎？

8

I am sending this inquiry after looking at your website. Are you still accepting orders for No.13?

サイトを見て問い合わせています。No.13の注文はまだ受け付けていますか？

我瀏覽了您的網站，想詢問No.13目前還接受訂購嗎？

9

If there is a store that definitely has this product in stock, could you let me know?

この製品を確実に入手できるお店があれば教えていただけますか？

如果有哪家店確定還有這件商品的庫存，可以麻煩您告訴我嗎？

10

I am interested in this series and considering buying it. Where can I see the original?

このシリーズに興味があり購入を検討しているのですが、どこで実物を見ることができますか？

我對這系列的商品很有興趣並且考慮購買，請問哪裡可以看到實體呢？

11

I like your work so I am curious: Are you accepting freelance work?

あなたの作品が好きで気になるのですが、商業活動もされていますか？

我十分喜歡您的作品，想請教一下您是否有在接案？

12

I have been following your radical technique for some time now. Could I ask about your work process?

あなたの画期的なタッチにかねてから注目しているのですが、制作工程を教えていただくことはできますか？

我很早就留意到您創新的筆觸，可以請教您的製作流程嗎？

13

If I applied to be your assistant, what kind of materials and documents would I need?

あなたのアシスタントに応募したい場合、どのような資料や書類を準備する必要がありますか？

如果我想應徵您的助理，請問需要準備哪些資料或文件？

14

If you have a new work that hasn't been published on our website yet, could you show me a picture of it?

Webに掲載していない最近の作品がありましたら、画像を見せてもらえますか？

如果您手上還有尚未在網站上公開的新作，可以讓我看看嗎？

洽詢

答覆

會說這些就能通

1
Thank you for your question.
ご質問ありがとうございます。

謝謝您來信諮詢。

2
Thank you for seeking me out.
私を見つけていただきありがとうございます。

謝謝您找上我。 🔗 p67-9

3
I'm sorry to say that I'm unable to help you with the subject of your inquiry.
そのようなお問い合わせについては、対応いたしかねます。

很抱歉，有關您的詢問我無法提供協助。

4
There will be a fee, but it is possible for us to sell and ship to an overseas buyer.
送料がかかりますが、海外への販売と発送は可能です。

如果您願意負擔運費，我們可以銷售並寄送至海外。

5
Everything is made digitally.
すべてをデジタルで制作しています。

全部都是採用數位製作。

6
My tools are an iPad and Procreate.
ツールは iPad と Procreate で制作しています。

我使用 iPad 和 Procreate 來創作。

7

I have checked your shipment and it seems there was a problem at the packing plant.

問い合わせをいただき確認したところ、発送処理ができていませんでした。

有關您詢問的運送問題，經確認後發現商品似乎在出貨時發生了問題。

8

Due to the overwhelming response to No.13, we are currently not accepting any further orders.

No.13 は人気商品で対応が追いつかず、現在取り扱いを中止しています。

由於 No.13 超乎預期地受歡迎，目前供不應求，因此暫不接受訂購。

9

The stores which carry the product are all on the list, but we cannot confirm whether they currently have it in stock.

取扱店はリストの通りですが、正確な在庫は把握できておらず、お答えしかねます。

銷售通路誠如清單所列，然而我們無法掌握各店家確切的庫存。

10

This is answered in the FAQ on the page below. Please check it there.

FAQ を以下のページにまとめていますので、ご覧いただけますか。

您可以在以下「常見問題」的頁面中找到解答，煩請查看。

11

It is not publicized on my website, but I also do design work for advertisements and art museums.

サイトには公開していませんが、広告や美術館の仕事もしております。

雖然沒有公開在網站上，不過我也為一些廣告和美術館做設計。

12

While I am grateful for your interest, this is a difficult question to answer.

興味を持っていただきありがたいのですが、答えるのが難しい質問です。

很高興您感興趣，不過這個問題不好回答。

13

I draw the lineart with a G pen, and add the pastel colors using Copic markers.

線画は G ペンを、パステル調の着彩にはコピックペンを使っています。

我用 G 筆進行線繪，再用粉彩色調的 Copic 麥克筆上色。

14

I cannot answer any further than this. I hope this helped.

これ以上はお答えできませんが、少しでもお役に立てたなら幸いです。

我無法提供更詳細的答覆，只希望多少有幫助到您。

知會

提出邀約／邀請

會說這些就能通

1
I would like to invite you to the reception party.
レセプションパーティーにご招待します。
我想邀請您參加歡迎會。

2
I would be very grateful if you could attend this event.
このイベントにぜひお越しいただきたいです。
希望您務必出席這次的活動。

3
We are holding a 2nd anniversary party.
2周年記念パーティーを行います。
我們將舉辦兩週年的紀念派對。

4
I will be having a solo exhibition on July 10th.
7月10日より、個展を開催します。
我將於7月10日舉辦個展。　　　　　　　　　　　　🔗 p61-8

5
I will be showing my work at *BEE Exhibition*.
「BEE展」に出展します。
我的作品將於「BEE展」展出。　　　　　　　　　　🔗 p60-2

6
Please find the event details attached.
添付にてイベントの詳細をご案内申し上げます。
詳細的活動內容請參照附件。

這樣表達更清楚

7

Everyone I greatly admire will be present, so I would love for you to be there, too.

私の敬愛する方々が揃いますので、あなたにも同席していただけたら嬉しいです。

所有我敬重的人都將出席，所以我非常希望您也能在場。

8

I understand you are very busy, but could I ask you to attend?

ご多忙中とは存じますが、ご出席いただけますでしょうか？

雖然我知道您很忙碌，但還是想請問您是否願意出席？

9

I would be very happy if you could come and meet me during the exhibition.

お誘い合わせのうえ、会期中にお立ち寄りいただけると大変嬉しいです。

展覽期間非常歡迎您呼朋引伴前來參觀。

10

I would like to attempt something new. Could you take part in my workshop?

新しい試みを体験していただきたく、ワークショップにご参加いただけないでしょうか。

我想做一些嶄新的嘗試，能否邀請您加入我的工作坊？

11

An exhibition on umbrellas made by woodworkers has opened in Alternative Space in Ebisu.

木工作家による傘の展示会が、恵比寿のオルタナティヴスペースにて始まりました。

木工藝術家以傘為主題的展覽已在惠比壽的替代空間開展。

12

I will be in booth 6A-20 in the *BEE Exhibition* from October 3rd to the 6th. Please come and say hello.

10月3日から6日の期間、BEE展示場の6A-20ブースに遊びにいらしてください。

我將於10月3日至6日在「BEE展」展場的6A-20攤位，歡迎前來參觀。

13

If you would be able to attend the film preview, I could send you a ticket.

試写会にご出席いただけるようでしたら、チケットを郵送いたします。

如果您會出席這次的試映會，我再將入場券郵寄給您。

14

Please let me know by the 30th if you are attending. I would like to prepare souvenirs for everyone.

記念品をご用意したいと思いますので、ご出席いただける方は30日までにご返信ください。

我將為參加的貴賓準備小禮物，因此請在30日前回覆出席意願。

知會

接獲邀約／邀請

會說這些就能通

1	Thank you for the invitation. ご招待(しょうたい)いただきありがとうございます。 謝謝您的邀請。
2	I will attend. 出席(しゅっせき)します。 我會出席。
3	I cannot attend. 参加(さんか)できません。 我無法參加。
4	I will definitely visit. ぜひ伺(うかが)います。 我一定參加。
5	I think I will be able to visit. おそらく伺(うかが)えるかと思(おも)います。 我應該可以參加。 p22-5
6	I will visit if I am able. 機会(きかい)を見(み)て伺(うかが)おうと思(おも)います。 時間允許的話，我一定參加。 p168-5

帶入情境好實用

▶ 我會去～	I will visit~	～伺います
▶ 我將獨自出席。	I will visit by myself.	私一人で伺います。
▶ 我會和朋友一同出席。	I will visit together with a friend.	友人と一緒に伺います。
▶ 我會帶伴手禮出席。	I will bring a gift.	お土産を持って伺います。
▶ 10 日晚上 7 點左右（抵達）	On the 10th at 7PM.	10 日の 19 時頃に（伺います）
▶ 我會盡可能（出席）	As much as possible	できる限り（伺います）
▶ 如果我心情好的話（就會去）	If I feel up to it	気が向いたら（伺います）

這樣表達更清楚

7

I received your beautiful invitation. I am looking forward to it.

素敵な招待状を受け取りました。当日を楽しみにしております。

我收到您寄來的精美邀請函了。期待活動當天的到來。

8

It looks like it will be a wonderful event. I will be happy to attend.

とてもよい機会になりそうなので、喜んで出席させていただきます。

想必會是一場很精彩的活動，我非常樂意出席。

9

I cannot attend because I'm dealing with a full schedule. I would be happy if we could meet another time.

今回は予定が決まっていて難しいのですが、また次の機会に調整できたらと思います。

這次因為行程已滿不克出席，希望下次有機會相聚。

10

I would like to meet you, so please let me know what time you will be coming to the venue.

ご挨拶させていただきたいので、
会場にいらっしゃる日時を教えていただけますか。

我想與您見個面，可以讓我知道您大約什麼時間會在會場嗎？

11

I will come if I have the time. Where in the venue will you be?

タイミングが合えば立ち寄ります。会場のどのあたりにいらっしゃいますか？

有空的話我會過去。請問您會在會場的哪一區呢？

12

It will be difficult for me to attend on that day. I wish you success in the exhibition.

当日の参加は難しそうですが、展示会の成功をお祈りしています。

很可惜那天我沒辦法參加，祝福您展覽成功。　　　　　　　　　🎧 p87-11

提案

自我推薦

會說這些就能通

1
Please let me send you my project proposal.
企画を提案させてください。

我想提供企劃方案給您。 🔗 p244-2

2
Could I make a proposal for a new project?
新しいプロジェクトを提案してもよろしいでしょうか。

我可以針對新企劃提出方案嗎？

3
I have attached a file with the project summary.
プロジェクト概要を添付ファイルにまとめてあります。

附件是專案的大綱。 🔗 p178-4

4
Allow me to explain our new product to you.
我々の新しい商品について案内させてください。

請讓我向您介紹我們的新產品。 🔗 p37-10

5
If there is a project I can help with, please let me know.
お手伝いできる案件があれば、お気軽にご用命ください。

如果有我能幫上忙的案子，請隨時吩咐。 🔗 p87-10, 120-6

6
I have started a personal project.
個人的なプロジェクトを発足させました。

我展開了一項個人專案。

7

I am Mizuno Tomohiro, a designer. Please find my portfolio attached.

デザイナーの水野知廣と申します。ポートフォリオを添付しています。

我是水野知廣，從事設計。附件是我的作品集。

8

I am accepting at least one job offer for a decorative logo, mark, or label.

装飾的なロゴ・マーク・ラベルの制作を1点からお受けしています。

接受一種以上的裝飾性商標、標誌、標籤設計委託。

9

We have renewed our website. Please check it out when you have the time.

サイトをリニューアルしましたので、お手隙でご覧いただけると嬉しいです。

我們的網站更新了！有空時歡迎來逛逛。

10

I am skilled at symbolic designs which remind people of the brand, as well as minimalist designs.

ブランドを印象付けるシンボリックなデザインや、
ミニマルなデザインを得意としています。

我擅長賦予品牌記憶點的符號化設計，以及極簡風格的設計。 ⓖ p19-10

11

I can contribute to adding a refined feel through delicate touches.

繊細なタッチで、丁寧な印象を与えることに貢献できるかと思います。

我能運用細緻筆觸為作品添增優雅的印象。 ⓖ p101-13

12

This is a summary of the video productions I directed in the last few years.

近年ディレクションした映像作品の一覧です。

這是我近年執導的影像作品總覽。

13

I have been working for 10 years as a highly-skilled 2D/3D graphic designer for video games.

ゲームグラフィックデザイナーとして10年活動しており、2D・3D共に得意です。

我從事2D及3D遊戲介面設計已有十年經歷，並具備高度技術。 ⓖ p19-9

14

Here are details on the digital art performance planned for next fall.

来秋に企画している、デジタルアートパフォーマンスのイベントの詳細です。

在此提供有關預計在明年秋天舉辦的數位藝術表演活動的細節。

提案

請對方評估

會說這些就能通

1

Please consider it.

ご検討ください。

請評估看看。

2

Could you give it your consideration by July 10th?

7月10日頃までにご検討いただけますでしょうか。

可以請您在 7 月 10 日前後回覆評估的結果嗎？

3

If you are interested, please let me know.

ご興味がありましたら、ご連絡ください。

如果您感興趣，歡迎與我聯繫。

4

If you have any questions, please contact me.

ご質問がありましたら、ご連絡ください。

如果您有任何問題，歡迎與我聯繫。 p87-9

5

Please consult the specification document for the features.

機能については仕様書をご一読ください。

有關性能介紹請參考說明書。

6

I await your reply.

お返事をお待ちしております。

靜候您的回覆。 p87-7

7

I understand you are currently busy, but I would be grateful if you could consider it.

お忙しいとは存じますが、ご検討いただけますと幸いです。

我知道您非常忙碌，但由衷希望您能考慮一下。

8

I am sorry to make a sudden request, but it would help me if you could consider it.

突然のお願いで恐縮ですが、ご一考いただけると嬉しいです。

很抱歉突然提出這種請求，希望您願意考慮看看。

9

Have you considered the matter I contacted you about on August 19th?

8月19日にご連絡させていただいた件、ご検討いただけましたでしょうか。

有關8月19日與您聯繫時提到的事，不曉得您評估得如何？

10

Whatever your feelings about it, I would be grateful if you could consider it and reply.

ご検討の上、可否にかかわらずお返事をいただけますと助かります。

不論評估的結果如何，都希望您能予以回覆。

11

We can discuss the price, so I would be grateful if you could consider this with an open mind.

お値段はご相談に応じますので、前向きにご検討いただけると嬉しいです。

有關價格方面都可以討論，期盼您能積極評估。

12

I will send all the materials. Please reference them while thinking about your decision.

資料を一式お送りします。ご検討の際の参考にしていただければと思います。

我會將全部的資料寄給您，以作為您評估時的參考。

13

We are confident that you will be satisfied with our new service.

我々の新しいサービスにご満足いただけるに違いないと自信を持っております。

我們有十足的自信讓您對我們的新服務感到滿意。　　　　　　　　　　p99-11

14

If there are no problems with the proposal, I would like your approval by the end of next week.

こちらの提案内容で問題がなければ、来週中に承諾をいただきたいです。

如果提案內容沒問題，希望能於下週結束前得到您的承認。

提案

進行評估

會說這些就能通

1	I am definitely interested! ぜひぜひ！　興味^{きょうみ}があります。 我非常感興趣！

| 2 | If you have a proposal, please tell me.
ご提案^{ていあん}があれば聞^きかせてください。

如果您有任何提案，還請告知。 |

| 3 | Thank you for the great plan.
魅力的^{みりょくてき}な企画^{きかく}をありがとうございます。

感謝您提出這麼棒的企劃。 |

| 4 | That sounds interesting.
とても面白^{おもしろ}そうなお話^{はなし}ですね。

聽起來非常有趣。 |

| 5 | I will (briefly/thoroughly) consider it.
ちょっと／じっくり検討^{けんとう}してみます。

我會 考慮看看／仔細評估。 |

| 6 | Thank you for the information.
ご案内^{あんない}ありがとうございます。

謝謝您提供的資訊。 |

🎧 p86-1

7

I like what you are saying, so I will consider it with an open mind.

とてもよいお話だと思いましたので、前向きに検討させていただきます。

您的提議非常有意思，我會積極評估。

8

This is my field of expertise. I have experience with this, so I believe I can be of help.

得意分野です。経験があるのでお力になれるかと思います。

這是我擅長的領域。我很有經驗，相信一定能成為您的助力。

9

Thank you for letting me know. I don't have an agent, so I'll have to consider whether I can do it alone.

光栄なお話ですが、エージェントがいないので、
自分一人でできるかどうか検討してみます。

謝謝您的賞識，不過由於我沒有經紀人，因此得評估看看憑一己之力是否做得來。

10

I would like to consider it, so please email me the materials.

検討させていただきますので、メールにて資料をお送りください。

我會評估看看，麻煩您將資料用郵件寄給我。 ⫻ p105-7, 121-9

11

Please understand that I will not be able to reply immediately.

すぐにはご返答できないかと思いますが、ご了承ください。

我可能沒辦法馬上答覆，還請您理解。

12

I must prioritize other proposals, so I will not be able to give you my consideration right away.

優先度の高い案件が他にありまして、急ぎの検討はいたしかねます。

由於我手上還有其他案子要優先處理，所以可能沒辦法立即進行評估。

13

From what you've said, this sounds like a difficult proposal, but I will give it my consideration.

ご提案を聞く限り難しそうですが、一応検討してみます。

根據您的說明這個提案執行起來會有難度，不過我還是會考慮看看。

14

If I feel it is possible, I will contact you.

可能性があると判断した場合は、こちらからご連絡させていただきます。

如果我認為可行，會再與您聯繫。

提案

徴求資訊／詢問細節

會說這些就能通

1
Please give me the details.
詳細をお聞かせください。

我想了解一下細節。

2
I need more information.
もっと情報が必要です。

我需要更多資訊。

3
Could you give me a specific explanation?
具体的に教えてもらえますか。

可以提供具體說明嗎？

4
Tell me your place of employment and work history.
まずはあなたの所属先や経歴を教えてください。

請先告訴我您在哪裡任職以及過去的工作經歷。

5
Who should I send this to?
どなた宛に送ればよいですか。

請問我應該寄給誰？

6
Could you send the pamphlet to the address below?
パンフレットを下記の住所へ送っていただけますか。

請問可以將手冊寄到下方住址嗎？

這樣表達更清楚

7

I would like to know more details. If you have any materials, could you send them to me?

内容について詳しく知りたいので、資料があればいただけますか。

我想知道更多細節，如果有其他資料可以再寄給我嗎？　　　　　p103-10, 121-9

8

This is my first time with this kind of project. Please let me confirm the project flow with you.

このようなお話は初めてなので、プロジェクトの流れを確かめさせてください。

這是我第一次接觸此類型的企劃，所以想跟您確認一下流程。

9

I think this is a very good idea, but how do you plan to realize it?

大変よいアイデアだと思いますが、どのように実現させるつもりですか？

我認為這個想法非常好，不過您打算如何實踐它？

10

This isn't enough for me to make a decision. Please send materials that explain the project in more detail.

これだけでは判断できないので、詳細のわかる資料を送ってください。

光憑這些我沒辦法做決定，請提供更詳細的資料。　　　　　p119-13

11

I would like to consider it after I know all the details. Could you explain it to me?

細部まで把握したうえで検討したいので、説明していただけますか。

我想等了解更多細節後再進行評估，可以請您提供說明嗎？

12

I cannot consider this with so little information. Please contact me when you have further details.

情報が少なく検討しかねますので、詳細が決まり次第またご連絡いただけますか。

由於目前資料太少沒辦法進行評估，請等確定細節後再與我聯繫。　　　　　p233-10, 233-12

13

I would like to mail you the notice for the exhibition. Could you give me your address?

展示会のお知らせを郵送したく、ご住所を教えていただくことはできますか。

我想將展覽的通知函郵寄給您，可以告訴我您的地址嗎？

14

I am interested in your company's drawing ink. If you have a catalog, could you send it to me?

御社のドローイングインクに興味を持っており、カタログがあれば送っていただけますか。

我對貴公司生產的繪圖墨水很感興趣，如果有產品型錄可以寄給我嗎？

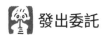
委託工作

會說這些就能通

1

Could I hire you to work on something?

あなたに仕事を依頼することはできますか？

請問您接受工作委託嗎？

2

I would be grateful if I could leave the design to you.

あなたにデザインをお願いできたら嬉しいです。

如果能請您幫忙設計就太好了。

3

Could you design our logo and business card?

我々のロゴとショップカードを作ってもらえませんか。

可以請您幫我們設計商標和店卡嗎？

4

Could you make a PR video for us?

PR 動画を作っていただくことはできますか。

可以請您幫我們製作宣傳影片嗎？

5

Could I commission you to write an article?

記事の執筆をお願いできないでしょうか？

可以拜託您幫忙寫一篇專題嗎？

6

The guarantee for this job is $1000.

この仕事のギャランティは 1000 ドルです。

這份工作的保證金是 $1000 美元。

實用的郵件主旨

▶ 新企劃　　A new project　　新規案件です。

▶ 工作討論　Consultation about a job　　仕事の相談です。

▶ 工作機會　A job offer　　仕事のオファーです。

▶ 接案委託　Offer of freelance work　　制作の依頼です。

▶ 合作洽詢　A request to do business　　取引のお願いです。

▶ 急件委託　An urgent request　　急ぎの依頼です。

▶ 重要事務　An important matter　　大事な案件です。

這樣表達更清楚

7

I have contacted you because I would very much like to entrust you with the art direction for this project.

このプロジェクトのアートディレクションをぜひあなたにお願いしたく、ご連絡させていただきました。

這次與您聯繫是由於我非常希望能邀請您擔任這項企劃的藝術總監。

8

Could we ask you to draw an illustration for our brand? The budget and schedule are detailed below.

私たちのブランドのために、イラストを描き下ろしていただくことはできますか。予算とスケジュールは以下の通りです。

可以請您幫我們的品牌繪製插畫嗎？我們的預算及排程如下。

9

Could you contribute a 4000-word chapter to the book we will be publishing in December?

私たちが 12 月に刊行する予定の本に、4000 ワードのテキストを寄稿していただくことはできますか。

可以請您為我們預訂於 12 月出版的書籍撰寫一篇 4000 字的文章嗎？

10

Could we ask you to act as a judge for the *BMN Awards* next spring?

来年の春に開催する「BMN アワード」において、審査員をお引き受けいただけないでしょうか？

請問您願意擔任預計於明年春天舉辦的「BMN 大賞」評審委員嗎？

11

The payment for the design work will be $5000 for solely directing, and $10000 if you also work on the design.

デザイン費はディレクションのみの場合 5000 ドル、デザインまでお願いできる場合は 10000 ドルです。

有關設計案的酬勞，單純執導為 5000 美元，若包含設計則為 10000 美元。

12

The payment will be 20000 yen for one postcard-sized color illustration.

イラスト料はポストカードサイズのカラーイラストを、1 点 20000 円でお願いしたいです。

一張明信片尺寸的彩色插畫酬勞為 20000 日圓。

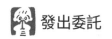
刊登／採訪邀請

會說這些就能通

1
I would like to do a special issue on you for our magazine.
本誌であなたの特集をさせていただきたいのですが。

小誌想製作關於您的特集。

2
Could we do an interview with you?
あなたにインタビューさせていただくことはできますか。

可以讓我們採訪您嗎？

3
Could I Introduce some of your works?
いくつかの作品を紹介させていただくことはできますか。

可以讓我介紹一些您的作品嗎？

4
I would be grateful if I could take a picture of you.
ポートレイトを撮影させていただけると嬉しいです。

希望您可以讓我為您拍一張個人照。

5
Specifically, I would like to ask you about your work.
具体的には、制作についてお話を伺いたいのですが。

具體而言，我想和您談談您的創作。

6
As thanks, I will pay you $100.
謝礼として 100 ドルお支払いたします。

我會支付 100 美元作為謝禮。

帶入情境好實用

▶ 關於作品概念　　　~about the concept　　　コンセプトについて

▶ 關於您獨特的想法　~about your unique ideas　　独特の発想について

▶ 關於您的設計重點　~about your design points　デザインのポイントについて

▶ 關於您的創作工具　~about the tools you use　使用しているツールについて

▶ 關於素材與技法　　~about materials and technical methods　素材と技術的手法について

▶ 關於作品的設定　　~about the setting of the work　作品の設定について

▶ 關於您擅長的表現　~about the special touches you are known for　得意とするタッチについて

這樣表達更清楚

7	I would be grateful if you could take part in a simple interview by email. 簡単なメールインタビューに答えていただけると嬉しいです。 如果可以透過電子郵件進行簡單的採訪，將不勝感激。
8	Could we come to your studio in August so we can take a photo and do an interview? 8月中にスタジオにお伺いして、撮影と取材をさせていただくことはできますか。 請問我們能否於8月中拜訪您的工作室進行攝影及採訪呢？
9	Could I present your work in the publication I write for? 私が執筆している書籍で、あなたの作品を紹介させていただくことはできますか？ 請問是否可以讓我在拙作裡介紹您的作品？
10	I will list possible dates below. Please let me know if any of these dates work for you. 日時の候補を下記に挙げました。ご都合のよい日程がありましたらお知らせください。 我在下方列出了可行的日期，請讓我知道哪些日子對您來說比較方便。
11	I am terribly sorry, but this project is self-funded. Could you work without compensation? 大変恐れ入りますが、自費で制作しており、無償でご協力いただけると助かります。 很抱歉，由於這項計畫是自費出資製作，不曉得您是否願意無償提供協助？
12	I know it's not much, but I could pay you 20,000 yen to cover interview expenses. 薄謝で恐縮ですが、取材させていただいた場合、20000円お支払いいたします。 雖然金額不多，但我們願意支付20000日圓作為您接受採訪的酬勞。

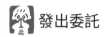
展出邀請

會說這些就能通

1

I would like to plan your exhibition.

あなたの展示を企画したいです。

我想為您規劃展覽。

2

Could you take part in the art festival I am planning?

私が企画している芸術祭に参加してもらえませんか。

您願意參加我企劃的藝術季嗎？

3

I would like to feature your work in the show *Title*.

展覧会「Title」であなたの作品を取り上げたいです。

我希望「Title」展上可以展示您的作品。

4

This is a picture and map of the venue.

こちらが会場の写真と地図です。

這是展場的照片和地圖。

5

The exhibition will run from October 3rd to the 26th.

展示期間は 10 月 3 日から 26 日までを予定しています。

展期預定為 10 月 3 日至 26 日。

6

I would like to have a workshop during the exhibition.

会期中にワークショップをお願いしたいのですが。

我想邀請您在展覽期間舉辦工作坊。

帶入情境好實用

▶ 室內／戶外展覽　　　(Indoor/Outdoor) exhibition　　　屋内／野外 展示

▶ 個展／聯展　　　　　(Solo/Group) exhibition　　　　　個／グループ 展

▶ 特展／公開徵件展　　(Special/Open call) exhibition　　企画／公募展

▶ 原畫展／攝影展　　　Exhibition of (original images/photography)　　原画／写真展

▶ 展覽圖錄／美術設定集　Exhibition picture book/Art book　展覧会図録／作家のアートブック

▶ 大規模／小規模 展覽　(Large-scale/Small-scale) display　大規模／小規模 な展示

▶ 展出作品　　　　　　Exhibited work　　　　　　　　出品作品（展示作品）

這樣表達更清楚

7

Next year, I would like to host a solo exhibition of your work in my gallery.

来年うちのギャラリーであなたの個展を開催させていただけませんか。

明年我想邀請您在我們畫廊舉辦個展。

8

I would like to exhibit your work in a handwriting event held in August, in Japan.

日本で8月に開催する手描きにまつわるイベントで、
あなたの作品を展示させていただけないでしょうか。

我希望能在日本於8月舉辦的手繪相關活動展出您的作品。

9

I will let you decide the opening date, so could you tell me what date works for you?

開催時期はご希望に合わせたく、いつ頃でしたらお受けいただくことが可能でしょうか？

展覽日期可依照您的期望，可否請教您方便的日程？

10

I saw your work at last year's art fair, and I would be grateful if I could make plans to work together with you.

昨年のアートフェアでお見かけして、是非一緒に仕事ができたらと企画しました。

我在去年的藝術博覽會看到您的作品，很希望有機會擬定與您合作的企劃。

11

Would it be possible for you to set up a display at the *BMN Trade Show*? It will be held in Tokyo at the end of the year.

年末に東京で開催する「BMN 市」に出展していただけないでしょうか。

您願意在年末於東京舉辦的「BMN 市集」參與展出嗎？

12

It will be possible to sell your works at the gallery. We also have an online gallery.

ギャラリーでは作品の販売も可能です。また私たちはオンラインギャラリーも運営しています。

藝廊可以協助販售您的作品。此外，我們也經營線上藝廊。

其他合作委託

會說這些就能通

1
Could I ask you take part in the event?

イベントに出演していただくことはできますか。

您願意參與活動演出嗎？

2
Could you make a speech at the conference?

カンファレンスに登壇していただくことはできますか。

可以請您在會議上演講嗎？

3
Could you read the manuscript and write a review?

原稿を読んでレビューをいただくことはできますか。

可以請您讀過原稿後寫一篇評論嗎？

4
Could you write a letter of recommendation?

推薦状を書いていただくことはできますか。

可以請您幫我寫推薦函嗎？

5
Could you attend the fair if I take part in it?

私がフェアに参加する際にアテンドしていただけないでしょうか。

如果我參加博覽會的話，您願意出席嗎？

6
Could you (support/back) our event?

私たちのイベントを 協賛／後援 していただけないでしょうか。

您願意 贊助／支援 我們的活動嗎？

帶入情境好實用

▶ 如果您有興趣的話	If you are interested~	もしご興味があれば
▶ 如果您贊成的話	If I could get your approval~	もし賛同いただけたら
▶ 如果能得到您的協助	With your cooperation~	もしご協力いただけるなら
▶ 如果能得到您的准許	With your permission~	もしお許しいただけるなら
▶ 如果您方便的話	If it is convenient for you~	ご都合がよろしければ
▶ 如果時間允許	If the timing works for you~	タイミングが合うようでしたら
▶ 在不造成困擾的前提下	If it isn't a problem~	ご負担にならない範囲で

這樣表達更清楚

7
Could you provide a pre-existing illustration for the promotional poster?
販促用のポスターに既存のイラストを提供していただくことはできますか。
可否請您提供既有的插畫作品，以便我們製作宣傳海報？

8
Would it be possible to rent your company's products during the event?
イベント期間中に御社の製品を貸し出していただくことはできますか？
請問是否有可能在活動期間借用貴公司的產品？

9
Could you leave a comment of recommendation after seeing my new animation?
私の新しいアニメーション作品をご覧いただき、推薦コメントを寄せていただくことはできますか。
可以請您在觀賞我製作的新動畫之後寫一篇推薦短評嗎？

10
I want to share my portfolio with many people. Could you share this with your friends?
ポートフォリオを多くの方に見ていただきたく、ご友人にシェアしていただけないでしょうか。
我希望讓更多人看見我的作品集，可以幫我分享給您的朋友嗎？

11
Your knowledge would be a great help, so could I ask you to work with me on this project?
ぜひあなたの知見を借りたく、
このプロジェクトに一緒に携わっていただくことはできないでしょうか？
您的知識背景將會是很大的助力，請問我有幸邀請您一起合作這項計畫嗎？

12
Could you provide some materials for the creation and presentation of the next collection?
次回のコレクションの制作・発表にあたり、資材の一部をご提供いただくことは可能でしょうか。
可以請您為下一次的系列創作與發表提供一部份的素材嗎？

說明委託緣由

會說這些就能通

1

I am writing this after seeing last year's exhibition.

昨年の展示を拝見してご連絡させていただきました。

我在參觀了去年的展覽後，決定寫信聯絡您。

2

I am making this request after visiting your website.

Web サイトを拝見して依頼させていただきました。

在造訪了您的網站後，我決定向您提出委託。

3

I am making this request because I love your settings.

あなたの作品の設定が大好きで依頼させていただきます。

我非常喜歡您的作品設定，所以向您提出委託。

4

I have always wanted to work together with you.

いつかあなたとお仕事ができたらと考えていました。

我一直夢想著有一天能與您共事。

5

I was introduced to you by Mai Okada.

岡田舞さんの紹介でご連絡させていただきました。

我是透過岡田舞小姐的介紹取得您的聯繫方式。

6

It would be great to turn your infographics into a video.

あなたのインフォグラフィックスを動画にできたら素敵だと思いました。

我認為如果能把您的圖表設計轉化成影片一定很棒。

帶入情境好實用

- ▶ 參考了您過去的作品 　With reference to previous project 　過去のお仕事を参考に
- ▶ 拜讀了您的著作 　After reading your book 　あなたの本を拝読して
- ▶ 經由您的粉絲推薦 　After being urged by a fan of yours 　あなたのファンに薦められて
- ▶ 看了您的貼文 　After seeing your post 　あなたの投稿を見て
- ▶ 長年作為您的粉絲 　As a longtime fan of yours 　ずっとあなたのファンで
- ▶ 出於對您的尊敬 　As someone who respects you 　あなたを尊敬しているので
- ▶ 我知道這不合情理 　Knowing this is unreasonable 　無理を承知で（ダメ元で）

這樣表達更清楚

7

I am writing this because I would like your help, and cannot think of anyone better for this theme than you.

このテーマではあなた以外に思い浮かばず、お力添えいただきたくご連絡差し上げました。

這次聯繫是想請尋求您的協助，因為針對這個主題我想不到更合適的人選。

8

You have made such wonderful works, and I would very much like to get your work out there.

素晴らしい作品を制作してらっしゃるので、ぜひ紹介させていただきたく思います。

您創作了眾多精采的作品，我很想把它們介紹給更多人認識。

9

I would like to collaborate with you very much. Your style fits very well with the feel of this project.

企画のイメージにぴったりなので、コラボレーションができたら嬉しいです。

您的風格非常符合這次的企劃，希望能有合作的機會。

10

I wanted to make this request after being deeply impressed by this (article/statement).

この記事／発言に感銘して依頼させていただきました。

這篇報導／這段發言 讓我深受感動，因此決定來委託您。

11

I would like you to design our shop's interior in black-and-white, your specialty.

私たちのショップの内装を、あなたが得意とするモノクロームで表現して欲しいのです。

我們想請您用擅長的黑白風格來設計店面內部的裝潢。

12

I think your art would be very popular in Japan. I'd really like to do business with you.

あなたの絵は日本でも大変人気が出ると思うので、取引をお願いできたらと思いました。

我認為您的畫作在日本也會大受歡迎，因此希望有機會與您商談合作。

達成／未達成協議

會說這些就能通

1

Thanks for agreeing to do the project.

ご快諾ありがとうございます。

感謝您欣然答應！

2

Thank you very much for your kind response.

この度はよいお返事をありがとうございます。

謝謝您正面的回覆。

3

Thank you for your consideration.

ご検討ありがとうございました。

謝謝您的評估。

4

I see. Understood.

なるほど、承知しました。

好的，我知道了。

⌒ p204-1, 234-3

5

I suppose that cannot be helped.

それは仕方がないですね。

那就沒辦法了。

6

I am sorry for not realizing sooner.

そうとは知らず、大変失礼いたしました。

很抱歉我沒有早點注意到。

7

I think we will be able to make a great product with your help. Thank you again for helping out.

お力を借りてよいものが作れたらと思います。改めてよろしくお願いいたします。

相信有您的協助我們一定能做出非常棒的產品。再次感謝您鼎力相助。

8

I very much want this to be a great event. I hope you'll look forward to it.

絶対によいイベントにしたいと思います。楽しみにしていてください。

我會盡力讓這個活動取得圓滿成功。敬請期待。

9

I am going to proceed with the project. I will follow up with the details later.

それでは企画を進めたいと思います。詳細は追ってご連絡差し上げます。

那麼我將繼續推動企劃。相關細節我日後會再與您聯繫。

10

I am glad to make your acquaintance. I am in charge of the project's progress.

お近づきになれて嬉しいです。進行は私が担当させていただきます。

很高興認識您。我是企劃進度的負責人。

11

Thank you very much for considering this sudden proposal at such a busy time.

急な提案にもかかわらず、お忙しい中ご検討いただきありがとうございました。

感謝您百忙之中撥冗評估這項臨時的提案。

12

Unfortunately the time has already been decided, and I'm afraid I must insist you follow this schedule.

恐縮ながら時期が決まってしまっているので、そのご予定だとお願いすることが叶いません。

很抱歉由於時程已經確定，所以可能還是要請您配合我方的進度。

13

It is unfortunate we cannot work together this time, but I look forward to working with you another time.

今回はとても残念ですが、いつかご一緒できる機会があれば幸いです。

這次真的非常可惜，期待之後還有機會一起共事。

14

Taking into account the situation, I would be grateful if I could contact you on another occasion.

ご事情をふまえて、また別の機会にお声がけさせていただければと思います。

考量到這次的情況，希望下次還有其他機會與您接洽。

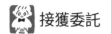接獲委託

回應工作委託

會說這些就能通

1	Thank you very much for the request. この度はご依頼ありがとうございます。 非常感謝您的邀約。
2	I appreciate receiving such a nice message from you. このようなご連絡をいただき光栄です。 接到您的聯繫我備感榮幸。　　　　　　　　　🔗 p67-9, 86-2
3	Incidentally, how did you find out about our company? ちなみに、弊社をどちらでお知りになりましたか？ 順便請教您是從哪裡得知敝公司的？
4	Where did you see my work? 私の作品をどちらでご覧になりましたか？ 您是在哪裡接觸到我的作品？
5	First I would like to look over the proposal. まずは企画書を拝見したいです。 我想先看一下企劃書。
6	I will consider the proposal and get back to you. 検討してお返事いたします。 我會在評估之後回覆您。

這樣表達更清楚

7

Thank you for your message. Would it be possible to meet in person and discuss matters?

ご連絡ありがとうございます。一度お会いしてお話を聞かせていただくことは可能ですか。

謝謝您的來信。我們是否可以見面談談？

8

My English is not very good. Will this be a problem for you?

私は英語が得意ではないのですが、その点は大丈夫でしょうか？

我的英語不是很流暢，這部份您可以接受嗎？

9

First I would like to get an outline of the workflow. Could you explain it to me in simple terms?

まずは作業の流れの大枠を知りたく、簡単に説明していただけますか。

我想先知道大致的作業流程，可以請您簡單說明一下嗎？

10

Could you tell me the budget and schedule so that I can review them?

ぜひ検討させていただきたく、ご予算とスケジュールを教えていただけますか。

可以告知您的預算和工作排程以便評估嗎？

11

I am making the estimate. Could you tell me the budget, for reference?

見積り作成の参考までに、ご予算を教えていただけると助かります。

我正在製作估價單，可以告訴我您的預算作為參考嗎？

12

Would it be possible to know beforehand whether there is an upper limit to the budget?

ご予算に上限がありましたら、先に教えていただくことはできますか？

如果您有預算上限，是否能先讓我知道？

13

I'm interested, but I can't picture it. Could you send me any reference materials you have?

興味はあるのですが具体的なイメージが掴めず、参考資料があればお送りいただけますか。

我很感興趣但是沒什麼頭緒。請問您手邊有參考資料可以提供給我嗎？ p105-10

14

I'd like to talk about specifics. Could we have an online meeting sometime soon?

具体的なお話を伺いたく、オンラインミーティングで打ち合わせさせていただければと思います。

我想談談具體的細節，是否可以找個時間舉行線上會議？

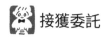

接獲委託

回應刊登及採訪邀約

會說這些就能通

1

I appreciate that you chose (me/my work).

私／私の作品 を選んでいただき光栄です。

感謝您選中 我／我的作品。

p92-2

2

Could you tell me how you made your decision?

選んでいただいた理由をお聞きしてもいいですか？

可以告訴我您選上我的理由嗎？

3

Could you show me a picture of the magazine page?

誌面のイメージを見せていただけますか？

我可以看看雜誌的版面嗎？

4

Could you assign (an interpreter/a translator)?

通訳者／翻訳者 は付けていただけますか？

可以請您安排 口譯／翻譯 人員嗎？

5

Could you get the client's consent?

クライアントに許諾をとっていただけますか？

您能取得委託人的同意嗎？

6

If there is anything else I can do, please let me know.

私に他にできることがあったら相談してください。

如果還有其他我能做的事，請不吝告知。

p87-10, 98-5

帶入情境好實用

- ▶ 可以的話請告訴我　　If possible, could you tell me~　　よければ～を教えてください
- ▶ 公司簡介／業績表現　Company overview/Business results　会社概要／業務実績
- ▶ 媒體／出版 單位　　(Media/Publication) title　　メディア／媒体 名
- ▶ 特集名稱／報導標題　Special issue title/Article title　特集名／記事のタイトル
- ▶ 發行冊數／點閱率　　Circulation/Pageviews　　発行部数／ページビュー数
- ▶ 目標讀者　　　　　　Target audience　　読者層
- ▶ 銷售地區　　　　　　Sales territory　　販売地域

這樣表達更清楚

7
I am very happy to have been covered by your magazine.
この度は貴誌でご紹介いただけるとのこと、とても嬉しいです。
很開心這次能登上貴公司出版的雜誌。

8
As long as proper credit is given, I do not have a problem.
クレジットを掲載していただけるのであれば、問題ありません。
只要能明確標示版權的話，就沒有問題。

9
I would very much like to go over it, so could you send the (written request/proposal) for coverage?
ぜひ検討したいので、依頼書／企画書 を送っていただけますか。
我很願意評估看看，可以請您寄 委託書／企劃書 給我嗎？　p103-10, 105-7

10
Will the coverage and photographs be done in person or over email?
実際の取材や撮影は行われますか？ メールでのやりとりになりますか？
請問會當面進行採訪及攝影嗎？或者是透過郵件進行？

11
I don't have a problem with your publishing this, but each image will come with a usage fee of $50.
掲載は問題ありませんが、画像の使用料が 1 枚につき 50 ドルかかります。
刊載沒有問題，不過圖片使用費為一張 50 美元。

12
If there are any requirements for images or text, please let me know.
必要な画像やテキストがありましたら、ご指定ください。
如果有需要的圖片或文字，請告訴我。

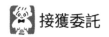接獲委託

回應展覽邀約

會說這些就能通

1

Have the dates and venue been decided?

会期と会場は決定していますか？

請問展期和地點決定了嗎？

2

Is there a specific work that will be exhibited?

出品作品の指定はありますか。

有指定展出作品嗎？

3

Could you show me a floor plan for the venue?

会場の見取り図を見せていただけますか。

可以給我看一下展場的平面圖嗎？

4

Could you tell me how the costs will be allocated?

費用の分担を教えていただけますか。

請問費用怎麼分攤呢？

5

Would it be possible to meet the (curator/sponsor)?

キュレーター／スポンサー と打ち合わせできますか。

可以和 策展人／贊助人 見面討論嗎？

6

Could you send me a picture of the venue space?

展示スペースの写真を送っていただけますか。

可以傳給我展覽空間的照片嗎？

帶入情境好實用

- ▶ 場租費／人事費 — Venue cost/Labor cost — 会場費／人件費
- ▶ 運費／保險費 — Transportation cost/Insurance cost — 輸送費／保険費
- ▶ 場地籌備費 — Venue organization cost — 会場構成費
- ▶ 場地佈置費 — Venue decoration cost — 会場装飾費
- ▶ 展場設備費 — Exhibit furniture cost — 展示什器費
- ▶ 施工費 — Construction cost — 施工費
- ▶ 伙食費 — Catering cost — ケータリング費

這樣表達更清楚

7

Please tell me the concept for the event. What kind of artists will also be attending?

企画のコンセプトを教えてください。他にどのような作家が参加しますか？

請告訴我這次企劃的概念。其他還有哪些類型的創作者參與？

8

Could you tell me in detail the date and method by which the work will be carried in and out of the venue?

作品を搬入・搬出する際の日程と手順を詳しく教えていただけますか。

可以請您告訴我詳細的佈展與撤展時間以及流程嗎？

9

Could you present the diagram for the venue organization and the estimate so I can look it over?

検討材料として、会場構成の図面とお見積りを提示していただけますか。

可以請您提供展場平面圖和預算表作為評估素材嗎？

10

Could you shoulder the costs for the work's delivery and display, the exhibit's construction, and the promotion?

作品の輸送と展示、プロモーションの費用はもっていただけますか？

請問您可以負擔作品運送與展出、宣傳的費用嗎？

11

Could you tell me the composition of the management staff who will be working there?

そちらで動いていただける運営スタッフの構成を教えていただけますか。

可以請教一下現場營運人員安排的狀況嗎？

12

Will the hotel charge for attending the opening party be an out-of-pocket expense?

オープニングパーティーに出席する際の宿泊費は自費になりますか？

請問如果要出席開幕派對，住宿費是自理嗎？

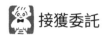

回應其他委託

會說這些就能通

1
Are there any costs I will have to shoulder?
こちらが負担する費用はありますか？
請問有需要我自行負擔的費用嗎？

2
Will this be paid work?
報酬は発生しますか？
請問會有酬勞嗎？

3
There will be some costs. Will this be a problem?
費用がかかりますが、問題ありませんか？
會產生一些費用，您可以接受嗎？

4
I will discuss it with (the person in charge/the manager).
本人／マネージャー と相談してみます。
我會與 負責人／經理 洽談。

5
Could you tell me the program for the day?
当日のプログラムを教えていただけますか。
可以告訴我當天的流程嗎？

6
Could you propose another day?
ほかの日程をご提案いただけますか。
可以換成其他日期嗎？

帶入情境好實用

▶ 我至多可以提供兩件。 | I can propose up to two pieces. | 2枚までなら提供できます。

▶ 如果半天的話我可以幫忙。 | I can help if it is just for half a day. | 半日なら協力できます。

▶ 我至多可以出借三天。 | I can lend it to you for 3 days. | 3日間なら貸し出せます。

▶ 下午2點到4點的話 | If it is from 2PM to 4PM | 14時から16時の間なら

▶ 如果是13日到15日 | If it is from the 13th to the 15th | 13日から15日までなら

▶ 三天兩夜的話 | If it is for 2 nights and 3 days | 2泊3日なら

▶ 如果可以當天來回的話 | If it can be done in a day trip | 日帰りできる距離なら

這樣表達更清楚

7
Will you be able to shoulder the various costs? Or will it all be paid out of pocket?
各種経費は負担していただけますか？それともすべて自費ですか？

您會負擔部分項目的費用嗎？還是全部自費呢？

8
It would be easier for me to accept this if there was at least some kind of payment.
多少なりとも報酬をいただけると検討しやすいのですが。

如果能多少有一些報酬，對我來說也比較好做評估。

9
I agree with your aims. Please let me know if I can be of assistance.
趣旨に賛同します。お手伝いできることがあれば教えてください。

我贊同您的理念。如果有我幫得上忙的地方，請儘管告訴我。

10
Thank you for the explanation. I'll follow your wishes as much as I can.
ご説明ありがとうございます。できるだけご希望に沿いたいと思います。

謝謝您的說明。我會盡量配合。

11
I can provide services for this. If there are any required specifications, please let me know.
ご提供可能です。必要な仕様を教えていただければ手配します。

我可以提供協助。如果有指定的樣式請告訴我。

12
It is possible to rent it. If you could tell me the date, I can make you an estimate.
貸し出し可能です。日程を教えていただければ見積りを出します。

出借沒有問題。只要先讓我知道日期，我就可以提供估價單給您。

 接獲委託

接受

會說這些就能通

1	I'll take it on.
	引き受けます。
	我願意接下。

2	I'd very much love to do it.
	是非やりたいです。
	我非常樂意接下。

3	Actually, I have wanted to do it for some time.
	実はずっとやりたかったことです。
	其實這是我一直想做的事。

4	I will be able to take it on any time after August.
	8月以降であればお受けできると思います。
	8月以後的話我應該可以接下。

5	I will do everything I can to make the project a success.
	実現に向けて取り組みたいと考えています。
	我會盡我所能讓這個計畫成功。

6	I am happy to be of assistance.
	私でお役に立てれば嬉しいです。
	我很高興能幫上忙。

這樣應答好自然

▶ 我來做！	I'll do it!	やります！
▶ 我可以做！	I can do it!	やれます！
▶ 我想做！	I'd like to do it!	やりたい！
▶ 請讓我做！	Please let me do it!	やらせて！
▶ 我想我能勝任！	I think I can do it!	やれそうです！
▶ 您不嫌棄的話，我很樂意！	If you are fine with me doing it!	私でよければ！
▶ 我很期待！	I'm looking forward to it!	楽しみです！

這樣表達更清楚

7

I understand. If you would like me to do it, I'll do my best to help you.

大変よくわかりました。私でよければあなたの力になります。

我了解了。只要您不嫌棄，我會盡可能協助。

8

I would very much like to take part. Let's make something great together.

絶対にやりたいです。一緒によいものを作りましょう。

我非常樂意。一起做出好成果吧！

9

I will work as hard as I can to make something (interesting/wonderful/new).

全力で面白い／素晴らしい／新しい ものを作りたいと思います。

我會盡全力做出 有意思的／完美的／創新的 作品。

10

I very much look forward to working with you. Would it be possible to have a meeting soon?

是非ぜひよろしくお願いいたします。近いうちに打ち合わせができますか？

我非常期待與您合作。最近有時間開個會嗎？

11

When will the project start? I would like to adjust my schedule.

プロジェクトはいつからスタートしそうですか？予定を調整したいと思います。

這項計畫預計何時展開？我需要調整一下工作排程。

12

Let's do it together. Is there anything I should prepare beforehand?

一緒にやりましょう。事前に準備しておくことはありますか？

讓我們一起努力吧！有什麼需要我事先準備的嗎？

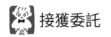接獲委託

拒絕

會說這些就能通

1

My apologies, but I cannot take this on.

恐縮ですが、お受けできません。

很抱歉，我沒辦法接下這份工作。

2

I am sorry, but I must respectfully decline this time.

残念ですが、今回は見送らせていただきます。

很遺憾，這次沒辦法接受您的邀約。

3

I am sorry that I was unable to meet your expectations.

ご要望にお応えできず申し訳ありません。

很抱歉無法達成您的期望。

4

I cannot take this on due to budgetary concerns.

予算的にお引き受けすることが適いません。

基於預算考量，我沒辦法接受這次的委託。

5

I'm sorry to say that I must decline.

身に余るお話ですが、辞退させていただきます。

承蒙您的賞識，但是我必須婉謝這次的邀約。

6

I look forward to the next opportunity.

またの機会を楽しみにしております。

期待未來有其他合作機會。

這樣應答好自然

▶ 有困難。　　That would be difficult.　　難しいです。

▶ 我辦不到。　　I cannot.　　できません。

▶ 我不能去。　　I cannot go.　　行けません。

▶ 不可能。　　It is impossible.　　不可能です。

▶ 沒有時間。　　There is no time.　　時間がありません。

▶ 就是沒辦法。　　It just isn't possible.　　どうしても無理です。

▶ 真的辦不到。　　There's just no way it can be done.　　無理なものは無理です。

這樣表達更清楚

7

I am too busy right now, so I will have to decline. If you ever have the chance, please send me an offer again.

予定が合わず、お断りするほかありません。機会があれば、是非また誘ってください。

這次時間上無法配合，請容我婉拒。下次若有其他機會請再次聯繫我。

8

While I like the sound of this, unfortunately my schedule is too full to be adjusted any further.

せっかくのよいお話ですが、スケジュールに空きがなく調整することができません。

難得有這麼好的機會，只可惜因為行程滿檔實在無法安排出時間。

9

Taking on a job recklessly could have bad results, so I must decline.

むやみにお引き受けしてもご迷惑をかけてしまいますので、辞退させていただきます。

勉強接下的話只怕會給您添麻煩，因此請容我婉謝。

10

After giving it careful consideration, sadly I cannot accept your offer.

慎重に検討させていただいた結果、残念ながらお申し出はお受けできません。

經過審慎評估，很遺憾我沒辦法接受這次的邀約。

11

I am very sorry, but based on the information you sent me, I must decline.

大変申し訳ありませんが、いただいた内容ではご希望に沿うことができません。

很抱歉，根據您寄來的資料，我沒辦法答應您的要求。

12

It pains me to say this, but I must decline your proposal. I hope you understand.

大変心苦しいですが、ご提案はお断りします。あしからず、ご了承ください。

我不得不忍痛婉拒您的提議，敬請見諒。

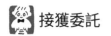
引薦他人／要求分工

會說這些就能通

1

I don't think I will be of use here.

私ではお役に立てそうにありません。

我應該無法勝任。

2

I do not feel certain about doing it alone.

私一人では心許ないです。

我不確定自己一個人是否能夠勝任。

3

For the illustration, maybe Yuka would be suitable.

イラストは、例えば由夏さんなどが適任だと思います。

插畫的話，找由夏小姐也許更適合。

4

What do you think about asking Yuka to work on this?

由夏さんにお願いしてみてはいかがでしょう？

要不要問問看由夏小姐呢？

5

I think it will work if we get Yuka involved.

由夏さんを巻き込めたら何とかなりそうです。

我想如果讓由夏小姐加入，事情應該就能迎刃而解。

6

I think that she is knowledgeable about that part.

彼女ならその分野に詳しいと思います。

她的話應該更熟悉那個領域。

帶入情境好實用

▶ 我推薦～。　　　　I would recommend~　　　～を推薦します。

▶ 我想委託～。　　　I would like to ask~to~　　～に～を依頼したいです。

▶ 我想和～一起分工。　I would like to share responsibilities with~　～と一緒に担当したいです。

▶ 我能拜託別人做～嗎？　Could I assign~to someone else?　どなたかに～をお願いできますか？

▶ 我只想負責～。　　I would like to be in charge of just~　私は～だけ担当したいです。

▶ 我們去交涉看看吧！　Let's negotiate this.　交渉してみましょうか。

▶ 您能負責交涉嗎？　Could you negotiate this?　交渉してもらえますか。

這樣表達更清楚

7

This deviates a little from what I was doing, so I think someone else should take charge.

自分のやってきたこととは少しズレるので、他に適任者がいると思います。

這和我平常接觸的領域不太一樣，我想應該有其他更合適的人選。

8

This is not something I want to do. Is there anyone else who might be interested?

私のやりたいことではないのですが、他に興味を持つ人はいらっしゃるのではないでしょうか。

這並不在我的考慮範圍之內，但應該會有其他人感興趣。

9

Would it be all right for me to talk to some other people I know? They might be interested.

思い当たる数名に私から話をしてみてもよいでしょうか。興味をもってもらえるかもしれません。

不如我去問問其他幾位我認為合適的人選？他們也許會有興趣。

10

I would feel better if we assigned this to someone else, or I worked with another person.

他の方に当たっていただくか、もう一人頼りになる方と協働できると心強いのですが。

把這項工作託付給其他人或是找人跟我一起作業，我覺得會比較妥當。

11

I cannot finish the project alone. It would help if we could divide the work between multiple (people/companies).

私だけでは成し遂げられそうにないので、数名／数社で分担できると助かります。

我想我沒辦法獨立完成。如果能與其他 人／公司 分擔作業會很有幫助。

12

This is not a field I am experienced in. I would be grateful for the supervision of an expert.

私の専門分野ではないため、識者の監修をつけていただけるとありがたいです。

因為這不是我擅長的領域，希望可以另尋專家監督指導。

交涉條件

說明條件

會說這些就能通

1

I will let you know what my conditions are.

条件をお伝えします。

跟您說明一下我的條件。

2

I have a few conditions.

いくつか条件があります。

我有幾個條件。

3

My desired conditions are listed below.

私の希望する条件は下記の通りです。

以下是我期望的條件。

4

Could I get your approval for the following condition?

次の条件に同意いただけますでしょうか。

您同意以下的條件嗎？

5

Please change the conditions based on our discussion.

話を踏まえて条件を変更させてください。

請根據我們討論的結果修改條件。

6

I would like the first payment to be made in advance.

初回の取引は前払いでお願いしております。

我希望第一次合作能先預付酬勞。

帶入情境好實用

- ▶製作費   Production fee   制作料
- ▶設計費／插畫費   Design fee/Illustration fee   デザイン料／イラストレーション料
- ▶指導費   Direction fee   ディレクション料
- ▶檔案提供費   Data provision fee   データ提供料
- ▶交檔日   Submission deadline   提出期限
- ▶交貨日   Delivery date   納品日
- ▶付款條件   Payment conditions   支払条件

這樣表達更清楚

7

On the condition of a one-time use, I can consent to its use for $300.

一度限りの使用という条件でしたら、300 ドルで承諾できます。

我願意以 300 美元授權一次性使用。

8

Could you at least guarantee a production period of one month and budget of $1000?

少なくとも 1 ヶ月の制作期間と、1000 ドルの制作費を保証していただけますか。

您能保證至少預留一個月的製作期，並且負擔 1000 美元的製作費嗎？

9

I would be very grateful if you could pay me within 30 days of delivery.

納品から 30 日以内にお支払いいただけると、非常にありがたいのですが。

如果可以在交貨後 30 天內支付款項的話，將不勝感激。

10

With regards to the matter you asked about, I could accept it with the following conditions.

お伺いした内容ですと、以下の条件でお受けすることができそうです。

有關您洽詢的事項，我接受的條件如下。

11

The budget may change based on specification changes, whether we shoot or not, and the number of proposals.

仕様の変更や、撮影の有無、提案の回数などによって、
また予算感が変わってまいります。

預算可能因規格變更、是否需要攝影以及提案的次數而有所變動。

12

I would have to ask you to pay for all (transportation costs/production cost).

制作にかかる 移動コスト／経費 はご負担をお願いしております。

製作上產生的 交通費／相關經費 希望能由您負擔。

確認條件

會說這些就能通

1
Please tell me the terms and conditions.
取引条件を教えてください。

請告訴我合作的條件。

2
What kind of order conditions do you have?
注文条件はどのようになっていますか？

請問有什麼訂購條件嗎？

3
Please tell me the details of the (production cost/budget).
制作費／予算 の詳細をお知らせください。

我想知道 製作費／預算 的明細。

4
Please tell me the details of the (production cost/budget).
その条件で結構です。

這樣的條件沒問題。

5
I can accept that condition.
その条件であれば同意できます。

我接受您提出的條件。

6
This is a difficult condition to accept.
飲むのが難しい条件です。

這樣的條件我很難接受。

帶入情境好實用

▶訂購數量　　　　　　Order quantity　　　　　　注文数量（ちゅうもんすうりょう）

▶最低訂購量　　　　　Minimum order quantity　　最低注文数（さいていちゅうもんすう）

▶最低製造量　　　　　Minimum production quantity　最低製造数（さいていせいぞうすう）

▶最大訂購量　　　　　Maximum orders available　最大受注可能数（さいだいじゅちゅうかのうすう）

▶最低價格／最高價格　Lowest price/Highest price　最低／最高 価格（さいてい／さいこうかかく）

▶購買／委託　　　　　Purchase/Consignment　　買取／委託（かいとり／いたく）

▶預算 上限／下限　　The budget's (upper limit/lower limit)　予算の 上限／下限（よさんのじょうげん／かげん）

這樣表達更清楚

7
Before you begin production, please confirm the conditions.
具体的（ぐたいてき）な制作（せいさく）に入（はい）る前（まえ）に、条件（じょうけん）を確認（かくにん）させてください。

在開始具體製作前，我想先確認一下條件。

8
Could you change one part of the conditions regarding price and quantity?
価格（かかく）と数量（すうりょう）の条件（じょうけん）について一部（いちぶ）変更（へんこう）していただけないでしょうか。

能請您針對價格和數量的條件進行微調嗎？

9
I accept all the suggested conditions except for extending the payment date by 10 days.
支払期日（しはらいきじつ）を10日（とおか）延（の）ばしていただきたい以外（いがい）は、ご提示（ていじ）の条件（じょうけん）を承諾（しょうだく）いたします。

除了延後十天付款之外，其他條件我都可以接受。

10
If you send the estimate by the end of the month, I will be able to pay by the end of next month.
請求書（せいきゅうしょ）を月末（げつまつ）までに送（おく）っていただけましたら、翌月末（よくげつまつ）までにお支払（しはら）い可能（かのう）です。

如果您能在本月底前寄出請款單，我就可以在下個月底前支付款項。

11
If you are certain you will be able to fulfill this commitment, I will accept this condition.
約束（やくそく）を守（まも）っていただけるのであれば、条件（じょうけん）を飲（の）みましょう。

如果您能確實遵守約定，我願意接受這個條件。

12
This is a very strict condition, so could you replace it with the following?
こちらにはとても厳（きび）しい条件（じょうけん）ですので、次（つぎ）の条件（じょうけん）でご了解（りょうかい）いただけませんか。

這條件對我們來說太嚴格了，可否考慮更換成以下條件？

135

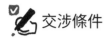

交渉條件

請求估價

會說這些就能通

1
Could you send the (estimate/revised estimate)?
見積り／再見積り をいただけますか。

麻煩您提供 估價單／修正後的估價單。

2
Could you send the estimate by the end of the week?
今週中に見積りをいただくことはできますか。

請問可以在這週內提供估價單嗎？

3
Could you ask them for an estimate?
見積りをとっていただけますか。

可以請他們提供估價單嗎？

4
Could you send the estimate with postage included?
送料込みで見積りを出していただけますか。

可以請您開立一份含運費的估價單嗎？

5
We cannot make this order at your proposed price.
ご提案の価格では発注できそうにありません。

以您提出的報價我們沒辦法下單。

6
Could you limit the price to 2000 dollars?
2000 ドルに収めていただくことはできませんか。

請問價格有可能控制在 2000 美元以內嗎？

帶入情境好實用

- ▶ 供應商   Vendor   納入業者
- ▶ 製造商   Manufacturer   製造業者
- ▶ 經銷商   Distributor   販売業者
- ▶ 未稅價格   Price (Tax not included)   消費税抜価格
- ▶ 含稅價格   Price (Tax included)   消費税込価格
- ▶ 競標   Competitive bidding   相見積り
- ▶ 最終估價   Final estimate   最終見積り（積算見積り）

這樣表達更清楚

7

Could you make a schedule from draft to delivery, and an estimate, based on the following specifications?

以下の仕様と数量で、見積りと、入稿から納品までのスケジュールをいただけますか。

麻煩您依照下列規格與數量，提供從進稿到交貨的日程及估價。

8

Does the estimate you sent me include costs for color proofing and corrections?

いただいた見積りには色校正や修正の費用が含まれていますか？

您提供的估價單有包含校色和修改的費用嗎？

9

Our budget is limited, so I would be very grateful if you could lower the unit price by 5 dollars.

予算に上限がありますので、単価を 5 ドル値引きしていただけると非常にありがたいのですが。

由於預算有限，如果單價能再降低 5 美元，將不勝感激。

10

The estimate you sent goes over the price we expected. Would it be possible to reduce it?

いただいた見積りが想定していた金額を上回っています。もう少し値引きしてもらえませんか。

您提出的報價超出我們的預期。有可能稍微降價嗎？

11

We have received a lower estimate from another company. Would you be able to meet the other party's price?

他社さんからより低い金額のお見積りをいただきました。
お見積りを再検討いただく余地はありますか？

我們收到別家公司提供了更低的報價。請問貴公司是否能重新評估看看？

12

Then we will make a formal order with the same specifications as the estimate.

それではいただいた見積りに従って正式な発注をさせていただきます。

那麼我們會依照估價的規格正式下單。

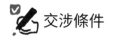

提出估價

會說這些就能通

1
I have attached the estimate.
見積書を添付しています。

附件是估價單。

2
The rough estimate is calculated below.
基準となる見積りは以下の通りです。

初步的估價如下。

3
Thank you for requesting the estimate.
見積りのご依頼をいただきありがとうございます。

感謝您詢問估價。

4
I can quote 1000 dollars, tax not included.
税抜き 1000 ドルでご提供できます。

報價為未稅 1000 美元。

5
I cannot reduce the price.
値引きは一切行っておりません。

價格無法再降低。

6
This estimate is good until the end of July.
見積りの有効期間は 7 月末日までです。

本次估價的有效期限至 7 月底。

帶入情境好實用

- ▶ 僅限本次 | This time only | 今回に限り
- ▶ 特別折扣 | Special discount | 特別値引き
- ▶ 粗估 | Rough estimate | 概算
- ▶ 貨到付款 | Cash on delivery | 代金引換
- ▶ 交貨日結清 | Full payment on delivery date | 納品時に全額払い
- ▶ 交貨日次月結清 | Payment for delivery at the end of next month | 納品月締め翌月末払い
- ▶ 下單時預付 40% 款項 | Pay 40% at time of order | 発注時に 40% の前払金

這樣表達更清楚

7
If you order by June 20th, I can deliver it by July 10th.
6 月 20 日までにご発注いただけましたら、7 月 10 日までにお届けすることが可能です。

若您於 6 月 20 日前下單，我就可以在 7 月 10 日前寄出。

8
In order for me to figure a proper estimate, could you please answer the following questions?
正確な見積りをお出しするために、以下の項目にお答えいただけますか。

為提供精確的估價，麻煩您回答以下問題。

9
If we change it from black and white to full color, the unit price will go up from 400 yen to 600 yen.
モノクロからカラーに変わりますと、単価が 400 円から 600 円になります。

如果要從黑白轉為彩色，單價會從 400 日圓提高至 600 日圓。

10
If you order more than 100, I can offer a 10% discount. I'm looking forward to your order.
100 個以上のご注文で 10% 割引させていただくことが可能です。ご発注お待ちしております。

若您下單 100 個以上，我可以提供 9 折優惠。靜候佳音。

11
While I cannot reduce the price any further, I can shoulder the cost of shipping.
これ以上の値引きはできませんが、送料を負担させていただくことは可能です。

我沒辦法再提供更多折扣，但是我方可以承擔運費。

12
We have reduced the price as much as possible, according to your wishes.
ご要望をふまえて限りなく低い価格でお出ししております。

我們已按照您的期望盡可能提供最優惠的價格。

 交渉條件

確認使用費／規範

1
Will there be a usage fee?
利用料はかかりますか。
りょうりょう

請問需要支付使用費嗎？

2
How much will the usage fee be?
使用料はいくらになりますか。
しようりょう

請問使用費是多少？

3
What percentage will the royalties be?
印税は何％ですか。
いんぜい

請問版稅為多少百分比？

4
Could you send me an invoice?
料金を請求書払いにできますか。
りょうきん　せいきゅうしょばら

可以請您開立請款單嗎？

5
Could we rent out camera equipment for shooting?
撮影機材を借りられますか？
さつえいきざい　か

請問可以讓我們租借攝影器材進行拍攝嗎？

6
What are the terms of service?
利用規約はどのようになっていますか？
りようきやく

請問使用上有哪些規範？

帶入情境好實用

- ▶ 圖片使用費　　Graphics fee　　図版使用料
- ▶ 權利金　　　　Licensing fee　　ライセンス利用料
- ▶ 攝影棚租借費　Studio fee　　　スタジオ利用料
- ▶ 取消費　　　　Cancellation fee　キャンセル料
- ▶ 折扣　　　　　Discount　　　　割引料金
- ▶ 使用範圍　　　Range of use　　使用範囲
- ▶ 預購　　　　　Preorder　　　　事前発注

這樣表達更清楚

7	I would like to use it on a website, as shown in the attached file, but will this count as commercial use? Web サイトで添付のように使用させていただきたいのですが、これも商業利用にあたりますか。 我想如附件所示使用在網站上，想請教是否歸類於商業用途。
8	If I use this in a fanzine, printing out 300 copies and selling one copy for 600 yen, how much would you charge? 300 部印刷して 600 円で販売する同人誌に使用する場合、おいくらになりますか。 如果我想使用在同人誌上，印量為 300 本，單本售價為 600 日圓，請問會酌收多少費用？
9	If I were to use it for 6 hours, how much would you charge? 6 時間利用させていただく場合、おいくらになりますか。 請問使用 6 小時的費用怎麼計算？
10	I would like to rent Studio 5 on June 20th. Will it be available for the whole day? 6 月 20 日にスタジオ 5 を利用したいのですが、終日空いていますか？ 我想在 6 月 20 日租借 5 號攝影棚，請問當日整天都空著嗎？
11	If I picked it up on June 10th and returned it on the 15th, how much would it cost? 6 月 10 日にピックアップして 15 日に返却する場合、おいくらになりますか。 如果我在 6 月 10 日借出、15 日歸還，請問費用是多少？
12	Could you tell me the rental period and whether I can reserve this item? レンタルの基本期間と商品のキープについて教えてもらえますか。 請問基本租期為多久？我是否可以先預留品項？

合約

簽訂合約

會說這些就能通

1

Let's exchange our copies of the contract.

契約書を交わしたいです。

我們來交換合約吧。

2

Could you send me the contract?

契約書を送ってもらえますか。

可以把合約寄給我嗎？

3

I have attached a draft of the contract.

契約書のドラフトを添付しています。

附件是草約。

4

Please let me check the contract draft.

契約書のドラフトを確認させてください。

請讓我確認一下草約。

5

I will contact you after checking the contract details.

契約内容を確認してご連絡します。

我確認過合約內容之後會再與您聯絡。

6

Could we do this with digital signatures?

電子サインでやりとりをお願いできますか。

可以採用電子簽署的方式簽約嗎？

帶入情境好實用

▶ 簽約　　　　　　　　Sign a contract　　　　　　　　　契約を結ぶ

▶ 承攬合約／委任合約　General contract/Time and material contract　請負契約／准委任契約

▶ 經銷合約／代理合約　Distributor agreement/Agency agreement　販売店契約／代理店契約

▶ 買賣合約／授權合約　Sales agreement/License agreement　売買契約／ライセンス契約

▶ 合約正本　　　　　　Original copy of the contract　　　　契約書の原本

▶ 第4頁的簽名欄　　　Signature line on the 4th page　　　4ページ目の署名欄

▶ 準據法／法律審查　　Applicable law/Legal review　　　　準拠法／法的レビュー

這樣表達更清楚

7	I will send the signed contract. Please sign it and send it back to me. サイン済みの契約書を送ります。サインして一通返送してください。 我會將簽好的合約寄給您。請您簽妥後寄回其中一份。
8	Could you make sure to include the following details in the contract? 契約書に必ず以下の内容を盛り込んでいただけますか。 能請您確保將以下內容加入合約中嗎？
9	Please confirm the contract I have prepared. If there are any problems, please contact me. こちらで用意した契約書をご確認の上、不明点がありましたらご連絡ください。 請您確認由我方擬定的合約。若有疑問請隨時聯繫。
10	I didn't see any problems, so please formalize this contract. 確認して問題ありませんでしたので、こちらを正式なものとして進めてください。 經確認後沒有問題。請依此進行正式簽約流程。
11	Could you explain Article 8 Paragraph 2 Item 1 to me? 契約書の第8条2項1号の意図を説明していただけますか。 可以請您解釋一下合約第8條第2項之1是什麼意思嗎？
12	I will have my lawyer check it and have a representative sign, so please give me one week. 法的チェックと代表者サインに回しますので、1週間ほどお待ちください。 由於尚須經過律師審核與代表人簽字，請給我一週左右的時間。

合約

簽訂備忘錄

會說這些就能通

1
Could you look over the agreement I have drafted?
合意書を作成したのでご確認ください。

請您確認一下我所擬定的同意書。

2
I will send you the license agreement.
使用許諾書を送ります。

我會寄給您授權同意書。

3
Could you sign the document and send it to me?
文書にサインの上お送りいただけますか。

可以請您簽署文件後寄回嗎？

4
I have written out the terms of our agreement.
相互の合意事項を書面にしました。

我已將雙方的協議事項整理成書面文件。

5
My legal representative will check it and get back to you.
法務担当者に確認して折り返します。

我會請法務代表確認後回覆您。

6
I have sent the signed memorandum.
サイン済みの覚書をお送りしました。

我已經將簽好的備忘錄寄給您了。

帶入情境好實用

▶ 備忘錄格式	Memorandum format	覚書のフォーマット
▶ 簡式合約	Simple contract	簡易的な契約書
▶ 修改格式	Reformat	書式の変更
▶ 公司規定	Company rules	当社のルール
▶ （有／無）法律效力	This (is/is not) legally binding	法的拘束力（効力）のある／なし
▶ 臨時草案／最終草案	Temporary draft/Final draft	途中案／最終案
▶ 經協議的修正項目	Approved points for revision	合意を得た修正点

這樣表達更清楚

7
Could you write a letter that summarizes the conditions?
条件概要をまとめた書簡を作成していただけますか。

可以請您將條款大綱整理成一封信件嗎？

8
I have prepared a memorandum that specifies the conditions and range of use. Could you please sign it?
条件と使用範囲を明記した覚書を用意させていただきました。サインをいただけますか。

我擬定了一份明訂出條款和使用範圍的備忘錄。可以麻煩您簽署嗎？

9
I am sorry to be a bother, but I would be grateful if you could write this all down for future reference.
お手数ですが、以上を共通認識として書面で残しておけると助かります。

希望您能協助將以上共識以書面形式記錄留存，麻煩您了！

10
Could you delete the sentence I marked? I cannot agree to this section.
マーキングした一文を削除していただけますか。この部分には同意できません。

可以請您將標示起來的文句刪除嗎？這部份我無法同意。

11
There was an error in the document. Please take note where I have entered an annotation.
書面に誤りがありました。注釈を入れた箇所をご確認ください。

文件內有一些錯誤，還請參照文中注解。

12
I have summarized our requests. Could you please revise the text?
こちらの要望をまとめました。文言を修正していただけますか。

我方的意見整理如下。可以請您修改一下文句嗎？

開立請款單／收款

會說這些就能通

1

I will submit the invoice.

請求書を発行します。

我會開立請款單。

2

I have sent you the invoice.

請求書をお送りしました。

我將請款單寄出了。

3

Could you please accept the remittance charges?

送金手数料のご負担をお願いしております。

匯款手續費須由您那邊負擔。

4

I still have not received the payment.

まだ入金が確認できません。

我還沒有收到款項。

5

Could you please confirm the remittance details?

送金明細を確認させていただけますか。

可以讓我確認一下匯款明細嗎？

6

When will you make the payment?

いつお支払いしていただけますか。

請問何時會支付款項？

帶入情境好實用

- ▶ 4 月份請款單 — Invoice for April — 4月分の請求書
- ▶ 請款金額／預估金額 — Amount billed/Amount estimated — ご請求金額／お見積り金額
- ▶ 兩週／10 天以內 — Within (two weeks/10 days) — 2週間／10 日以内に
- ▶ 支付條款 — Terms of payment — 支払い条件
- ▶ 【主旨】付款通知 — Payment request — 支払い依頼
- ▶ 未支付餘額 40 美元 — 40 dollars is still unpaid — 未払い分 40 ドル
- ▶ 期限已過， — The deadline has passed, — 期日を過ぎていますが、

這樣表達更清楚

7
I have attached the invoice. If there is a problem with the contents, please let me know.
請求書を添付しています。内容に不備がありましたらお知らせください。

附件是請款單。若內容有誤，請隨時與我聯繫。

8
I am using an invoice submission system. Please have a look below.
請求書発行システムを利用しています。以下からご査収ください。

以下是我用系統開立的請款單，請查收。

9
Would it be possible to send the money based on the following exchange rate?
今回の報酬を以下の換算レートで振り込んでいただくことはできますか。

這次匯款的酬勞可以依照以下匯率換算嗎？

10
Please send the payment of 120 dollars to the specified bank account by the end of the month after next.
翌々月末日までに指定の口座へ 120 ドルの入金をお願いいたします。

請您於下下個月底將 120 美元的款項匯入指定帳戶。

11
Until I can confirm the payment, I cannot send the work file.
入金が確認できるまで、作品データを送ることはできません。

我必須確認收到款項後才能提供作品檔案。

12
The tax documents are being prepared, and will be sent once I receive them.
税務書類を準備しておりますので、入手でき次第送付します。

税務文件正在準備當中，一旦收到後就會寄給您。

索取請款單／付款

1

Please send the invoice.
請求書の発行をお願いいたします。

請提供請款單。

2

Please send the invoice by April 15th.
4月15日までに請求書をお送りください。

請在4月15日前提供請款單。

3

I will send the payment to the specified bank account.
ご指定の口座へ送金させていただきます。

我會將款項匯入指定的帳戶。

4

The amount on the invoice is incorrect.
請求書の金額が間違っています。

請款單的金額有誤。

p243-7

5

Please revise the date and send it again.
日付を修正して再発行してください。

請重新開立為正確日期。

6

I have received the invoice.
請求書を受領しました。

我收到請款單了。

帶入情境好實用

- ▶【主旨】請開立請款單 — Please send the invoice — 請求書発行のお願い
- ▶【主旨】請重新開立請款單 — Please resend the invoice — 請求書再発行のお願い
- ▶ 120 美元的請款單 — Invoice for 120 dollars — 120 ドルの請求書
- ▶ No.20 訂單的請款單 — Invoice for Order No. 20 — 注文 No.20 に対する請求書
- ▶ 請款明細／請款項目 — Billing summary/Billing items — 請求内容／請求項目
- ▶ 受款人明細 — Payee details — 振込先の詳細
- ▶ 稅額扣繳辦法 — How to handle withholding tax — 源泉税の扱い

這樣表達更清楚

7

Could you please submit the certificate of tenancy and documents relating to tax exemption?

居住者証明書と免税関係の書類を提出していただけますか。

麻煩您提供在地證明與免稅相關文件。

8

If I do not receive the invoice by April 10th, I will not be able to pay you.

4月19日までに請求書をいただかないと、お支払いすることができません。

若未能在 4 月 19 日前收到請款單，將無法支付款項。

9

I am sorry, I wasn't able to pay. I will arrange payment as soon as possible.

申し訳ございません、お支払いができていませんでした。すぐに手配いたします。

非常抱歉未能及時支付款項。我會立即處理。

10

The deposit may be late. I have attached the remittance details, so please take a look.

着金が遅れることもございます。送金明細を添付しましたのでご確認ください。

款項有可能會延遲入帳。附件是匯款明細，請您確認看看。

11

I will send the format for the invoice. Please use it if necessary.

請求書のフォーマットをお送りします。必要があればこちらをご利用ください。

我會提供請款單的格式給您，如有需要可以使用。

12

Thank you for submitting the invoice. I will arrange for the payment to be concluded as soon as possible.

請求書の発行ありがとうございました。速やかに送金の手配をさせていただきます。

謝謝您提供請款單。我會盡快進行匯款手續。

如何閱讀／擬定合約

若是要展開與海外對象的合作計畫，勢必會走到簽約這一步。與國內人士洽談工作時，或許有時只靠口頭承諾即可，不過在國外一般都會以書面形式記錄協議內容。在此先來介紹設計發案者與接案者之間所締結的簡式合約範本。（編注：此處格式僅以英文合約為主）

AGREEMENT dated 15th of August 2020

This agreement (hereinafter referred to as the Agreement) is made
本合約（以下簡稱合約）為

BETWEEN

BMN, Inc., XXXXXX, XXXXXX, XXXXXX Berlin, Germany
- hereinafter referred to as the Client -
BMN, Inc.（地址）──以下簡稱委託人

AND

Sayaka Hara, XXXXXX, XXXXXX, XXXXXX Tokyo, Japan
- hereinafter referred to as the Designer -
與 Sayaka Hara（地址）──以下簡稱設計師
雙方交換之協議。

Both parties hereby agree that the Designer shall provide the Client with design services on the terms and conditions set forth in this Agreement.
雙方同意依循本合約所規定之條件，由設計師向委託人提供設計服務。

1. Project Description
專案描述

The Client will request from the Designer the deliverables detailed below. The Client will provide the Designer with information necessary for production of the deliverables as soon as possible, and the Designer will proceed with production in accordance with the conditions set by this Agreement.
委託人在此委託設計師提出以下可交付成果。委託人應及時提供設計師製作上必要之資料，由設計師遵照本合約之條款執行一切作業。

Scope of Work: The Designer will propose designs, make modifications, and deliver the finalized designs for the new product "Title" (3 sizes) as part of the brand "Title" developed by the Client.

委託內容：設計師針對委託人經營之品牌「Title」，為其新商品「Title」（3 種尺寸）進行設計之提案、修改與完稿。

Deliverables: Design data (for 3 sizes)

可交付成果：設計檔案資料（3 種尺寸）

2. Schedule
工作排程

Both parties agree to the following schedule.

雙方當事人同意以下工作排程。

Design proposal: By 10th October 2020

提出設計方案：2020 年 10 月 10 日前

Client approval and revisions: By 10th November 2020

委託人確認與修改：2020 年 11 月 10 日前

Final delivery of the design: By 10th December 2020

提交設計完稿：2020 年 12 月 10 日前

3. Client Approval and Revisions
委託人確認與修改

The Client must approve all designs before the project's completion. The Client is entitled to request up to 3 revisions. Any revision beyond 3 shall be charged a fee of $500 per revision to be paid by the Client.

委託人須於專案完成前針對所有設計進行確認。委託人有權提出至多 3 次修改之要求，若超過此限制，委託人每次應額外支付 500 美元。

4. Payment
付款

Both parties agree to the following payment and payment conditions.

雙方當事人同意以下支付金額與條件。

Total fee: The Designer shall be paid $5000 for design services.

總金額：設計師應獲得 5000 美元作為提供設計服務之報酬。

Advance payment: Upon execution of this Agreement, $2500 is to be paid in advance.

預付款項：本合約生效後，支付 2500 美元作為預付金。

Balance: The balance of $2500 shall be paid by the end of the month following the month of delivery of the deliverables.

尾款：於遞交可交付成果之月份的次月月底，支付尾款 2500 美元。

5. Confidentiality
保密協議

Any confidential information concerning the other party (including information concerning their customers, etc.) acquired upon signing and execution of this Agreement may not be disclosed to a third party without written consent of the other party.

任何透過本合約締結、履行過程中所獲得之第三方與其委託人之資料，未經當事人書面同意，不得向他人公開。

6. Termination
合約終止

This Agreement will automatically terminate upon the Client's acceptance of the deliverables. In the event that either party should breach the terms of this Agreement, the other party may notify the offending party to rectify the breach within a reasonable period of time, and terminate all or part of the Agreement should the rectification not happen within the specified period. The Client shall be responsible for all costs and expenses incurred before the termination date.

本合約將於委託人取得可交付成果之際自動終止。當任一方違反本合約條款時，另一方應以書面通知其於合理期間內修正違規行為，若違約方在期間內仍未正確履行，則另一方有權提前解除本合約之全部或部份條款。委託人應負擔合約終止前產生的所有成本及費用。

7. Ownership Rights
所有權

Upon completion of the Agreement, the Client shall claim ownership of the finalized design of the deliverables. Ownership of any design proposals that were not accepted by the Client shall be retained by the Designer.

合約終止後，委託人擁有最終設計成果之所有權。惟未採用之設計方案不在此限。

By signing below, both parties acknowledge and agree to the terms and conditions of this Agreement:
雙方當事人一經簽署，即代表完全同意本合約之內容：

"CLIENT"

Signed: _____

By: Elias Buren as Managing Director of the Client ———— 除簽名欄之外，另列出全名與職位。

Date: _____

"DESIGNER"

Signed: _____

By: Sayaka Hara as the Designer

Date: _____

POINT

一般而言，簽約時會由當事人其中一方備約，雙方透過合約草案幾經討論後定案。當備約方提出繁複的條款或者必須自己從零擬定合約時，最好向熟悉法律之專家或是擅長處理英語合約的譯者詢問洽談。當事人雙方如果關係良好且專案順利進行時自然沒有問題，不過一旦出現糾紛，合約中所規範的權利義務就變得至關重要。若制式的規定不適用於實際狀況，請參考下一頁開始介紹的備忘錄與信函格式，作為留下協議條件與內容的書面紀錄。

○根據合約內容的不同，條款也會有很多種類。

- **Subject of the Agreement** ／合約主旨
  於開頭簡單敘述合約要點。

- **Accounting** ／帳款
  因銷售行為而產生版稅時，會規定有關提出銷售報告書的義務，並在條款中制訂帳款計算期間與報告書應揭示的細項。

- **Copyright Notice and Credits** ／版權聲明與來源
  希望能註明版權所有人與來源時的條款。

- **Warranties** ／保證
  例如提供的素材不包含誹謗中傷內容、內容無侵害既有著作權與所有權等，藉此保證所提供內容之正當性。

- **Governing Law** ／準據法
  關於制定合約適用於哪一國法律之解釋。一般來說，會從合約當事人所屬國家擇一作為基準。

- **Miscellaneous** ／雜項
  有些合約亦會將「準據法」與「放棄權利」等一般條款列入雜項之中。

○一旦確定了合約內容，將由雙方當事人簽署後各持一份留存。現在雖然也可選擇使用數位簽署的方式完約，不過有些企業仍須經過將合約輸出→裝訂→會簽→承認→簽署→寄送→簽署→寄回的過程，通常會花費不少時間。建議可以在寄送請款單據時一併向對方確認。

如何閱讀／擬定備忘錄

作為更加簡易版的合約（或於簽約前另外簽署的書面文件），協議書有時也會採用備忘錄的形式。本篇介紹的備忘錄是以作品的商品化為範例，由製作公司向創作者提出授權要求並取得同意。（編注：此處僅以英文格式為主）

MEMORANDUM OF AGREEMENT dated 15th of August 2020

BETWEEN
BMN, Inc., XXXXXX, XXXXXX, XXXXXX Berlin, Germany
BMN, Inc.（地址）──以下簡稱 BMN

AND

Sayaka Hara, XXXXXX, XXXXXX, XXXXXX Tokyo, Japan
- hereinafter called the Copyright Holder -
Sayaka Hara（地址）──以下簡稱版權人

Both parties hereby agree to the following:
當事人雙方同意以下協議：

The Copyright Holder grants to BMN a limited, non-exclusive license (hereinafter called the License) to use the work specified below. The License shall be limited to the use of the work on BMN's product for the period specified below and subject to the following conditions:
根據本協議書，版權人同意 BMN 在以下所規定之使用期間與條件內，擁有將作品商品化之非獨占使用權。

Copyright Holder 版權人：Sayaka Hara
Title of Work 作品名稱：FLOWERS (hereinafter called the Work 以下簡稱作品)
Product for which Work will be used 使用該作品之商品名：
Letterpress Postcard Box 印字明信片收藏組
License Fee 使用費：$10000
Language 語言：English 英語
Region 地區：Worldwide 全球
Format 樣式：Postcards 明信片
License period 授權期間：5 years 5 年
Number of copies 印刷數量：50000
Release date 預定發售日：10th December 2020
Sanples to be provided 樣本提供數量：5

1. BMN's license to reproduce the Work shall be limited to the form of usage specifiedabove. All rights are retained by the Copyright Holder and are not transferred to BMN.
BMN 之於本作品之二次使用權僅限本協議所規定範圍。版權人保留所有權利，未讓渡予 BMN。

2. BMN is to display the copyright notice on the product's package and on the promotional website.
BMN 應於商品包裝及宣傳網頁上載明版權標示。

3. The License is made effective upon payment of the license fee. The Agreement shall take effect upon full payment of the license fee and delivery of a copy of the signed Agreement to the Copyright Holder.
本協議於支付使用費後生效。本協議於版權人入款全額使用費，且收到簽署完成之本協議書時，使得生效。

4. In the event BMN plans for additional production, they must notify the Copyright Holder immediately. Approval of production and the additional license fee shall be negotiated anew between the two parties.
BMN 若有計畫追加印刷數量，應立即通知版權人。針對追加生產印刷之可否與使用費，將由雙方另作協議。

5. In the event of a breach of any of the terms and conditions above, the License is to be terminated immediately. Any usage of the Work without a license is strictly prohibited.
如有違反上列條款，本協議自動終止，未經許可不得擅自使用作品。

Agreed by:

Signature: _____   Signature: _____

Name: _____   Name: _____

Date: _____   Date: _____

BMN, Inc.   The Copyright Holder

POINT

○合約常稱作「Contract」或「Agreement」，而備忘錄則是「Letter of Agreement」、「Memorandum of Understanding」、「Letter of Intent」、「Heads of Agreement」等。備忘錄的目的在於取得當事人的共識，是否具有法律效力雖視情況而定，但這種遊走在灰色地帶的特性也正是它的好處之一。備忘錄也和合約一樣，會由雙方當事人針對協議內容從擬訂草約開始。

如何閱讀／撰寫信函

比備忘錄又更簡便的形式便是以信函形式擬定協議。本篇是以作品將被收錄至書籍為例，由創作者向出版社發出的授權同意信函。（編注：此處以英文格式為主）

SAMPLE

寄件人 ——————— Sayaka Hara
XXXXXX, XXXXXX,
XXXXXX Tokyo, Japan

由於日期的寫法（月、日的順序）依各國習慣有所不同 ——————— Date: 15th August 2020
將月份寫成單字比較不會出錯。

To:
Elias Buren ——————— 英語的收件人資訊寫法為收件人姓名先於任職公司名。
BMN, Inc.
XXXXXX, XXXXXX,
XXXXXX Berlin, Germany

Subject: *Wonderful Art*, 1st ed., Edited by BMN, Inc., 2021 ——— 書面通常會以斜體字寫出書籍或雜誌名稱。
主旨：〈Wonderful Art〉初版，BMN, Inc. 編輯，2021 年發行

Invoice No 請款單號碼：XXXX
License fee 授權費用：$100

I hereby grant to BMN, Inc. a non-exclusive, worldwide license for the work specified below to be included in the English edition of the above publication. (Reprinting or reproducing the work in other editions or in any other material with similar contents is not allowed. Producing electronic editions that allow for the work to be separated from the whole edition is not allowed.)

本協議針對以下作品授予 BMN, Inc. 全球非獨占使用權，同意其收錄至上列英文版出版品。
（惟將作品轉載至其他版本或類似內容之製作物不在此限。此外，亦不可將本作品獨立製作為電子版本。）

Work 作品："*OLD WORLD*" Copyright © 2019 Sayaka Hara

This license is subject to the following conditions: 本授權基於以下條件使得生效：

1. The license fee is set at the amount agreed above. If payment is not made before the day of publication, all licenses as defined in this letter are to be considered annulled.
雙方協議之使用費金額如上所列。若款項未於發行日之前支付完成，則本協議中所有授權內容將自動失效。

2. The copyright for the work should be indicated similarly to the copyright notice written above.
版權標示應實質等同於上述版權聲明。

3. The work may not be used for sales promotion materials or for advertisement of the publication listed above.
作品不得使用於出版品之宣傳素材與文宣廣告。

4. Rights granted by this letter are non-transferable.
本條款所制定之各項權利皆不得轉讓予任意第三方。

Sayaka Hara
Illustrator

Signed: _____   Date: _____

POINT

○相較於正式的合約與附屬的備忘錄，信函僅是單純的確認文件。寫有寄件人與收件人資訊的信函雖然形式上看起來像是單方面發出的通知，實際上還是要經過雙方大致討論過後再寄出會比較妥當。

○信函提到的條件內容並無特定規範。可依情況思考出能夠解決疑慮的條件。

○雖然有時不一定需要雙方簽署，由發出的一方簽名即可，不過最好還是獲得收件人表示同意的簽字比較安心。

○此處的範例雖然包含費用，但即便是無償提供許可的情況下，也可以利用信函明記同意使用的範圍與注意事項。

○在「Subject:（主旨）」之前加上「Please treat as an invoice:（請視同請款單）」，就能連同請款單一同寄出。此時應將金額清楚列在明顯的位置，並於署名前加上支付期限與帳戶資料等等。

如何核對／開立請款單

本篇將介紹寄送給海外客戶的英語請款單範例。這裡設想的情況是設計師提供給委託人的請款單，不過根據提出請款單的時間點，也可參考前一篇所介紹的信函寫法，將條件與協議內容直接寫在請款單內。

Invoice

寄件人 ——— Sayaka Hara
XXXXXX, XXXXXX,
XXXXXX Tokyo, Japan

Date: 15th August 2020
Invoice No.: CB-1580

To:

Elias Buren ———英語的收件人寫法應將收件人姓名擺在任職公司前面。
BMN, Inc.
XXXXXX, XXXXXX,
XXXXXX Berlin, Germany

Title: XXXXXXX Design Fee and Photo Licensing Fee
主旨：XXXXXX 設計費、照片使用費

Please find below the invoice for the services provided.
請參照下方請款明細。

Description 品名	Quantity 數量	Unit Price($) 單價	Amount($) 金額
Design Fee 設計費	1	8000.00	8000.00
Photo Licensing Fee (Receipt Attached) 照片使用費（附收據）	2	200.00	400.00

Subtotal	$8400.00
Tax (%VAT)	$0.00
Invoice Total	$8400.00

合計金額

Due Date: 15th September 2020

付款期限

Please make payment by bank transfer to the following:
請將款項以匯款方式支付至以下帳戶：

Bank Name: XXXXX Bank
銀行名稱

Account Name: XXXXX XXX
帳戶名稱

Account Number: XXXXXXXX
帳戶號碼

Swift Code: XXXXXXXX
Swift 代碼

Sort Code: XX XX XX
Sort 代碼（匯款時需要提供）

IBAN Code: XXXX XXXX XXXX XXXX XXXX XX
IBAN 號碼（匯款時需要提供）

Signature: _____

POINT

○不妨在抬頭處註明專案名稱。

○看起來很陌生的 Swift Code，是國際匯款系統用來判別指定收款銀行的金融機構識別代碼。可以搜尋「SWIFT 代碼」或是到各大銀行網站內的「國際匯款業務」項目中查詢。

○除了請款單，根據情況付款人也可能需要向收款人所在國家之稅務局提出相關文件，辦理免稅手續。如果是付款的一方，可提供本國有關租稅協定的申請書；收受國外匯款時，則請對方提供其國家的相關文件。有關稅額的規定取決於兩國之間是否有締結租稅協定，以及受益人是否適用於租稅協定，且會隨狀況有所變動，最好事前確認清楚。

如何核對╱製作估價單

本篇將介紹提供給海外客戶的英語估價單，此處是以設計師向準客戶報價為情境的簡易範例。製作估價單的時候應明確列出希望的支付條件、哪些金額會有變動的可能性，以及預計的製作流程等，並留意是否有矛盾之處。

SAMPLE

Quotation

英語可以用 Quotation 與 Estimate 區分是正式報價或是粗略估價。這篇範例中有明確寫出外包（預估）部分，因此可以作為 Quotation 使用。

寄件人————— Sayaka Hara
XXXXXX, XXXXXX,
XXXXXX Tokyo, Japan
Date:15th August 2020
Quotation No.: AB-1904

To:
Elias Buren ————英語的收件人寫法應將收件人姓名擺在任職公司前面。
BMN, Inc.
XXXXXX, XXXXXX,
XXXXXX Berlin, Germany

Please find the quotation below.
請參照以下報價。

Subject: Design service (including printing cost)
主旨：設計服務（含印刷費）

Delivery: Approximately 1 month from order
預定交期：自委託日起約 1 個月

Quotation Expiration Date: 15th December 2020
報價有效期限：2020 年 12 月 15 日

Terms of Payment: Within 30 days of delivery
支付條件：交貨後 30 天內

Description 項目名	Quantity 數量	Unit Price($) 單價	Amount($) 金額
Stationery Design 文具設計	1	2000.00	2000.00
Printing Cost (estimate) 印刷費（預估）	1	1000.00	1000.00

Business cards, envelopes (500 each)
名片、信封 各 500 份

※The printing cost included in this quotation is an estimate and may change depending on specification.
Please see separate quotation attached.
※ 印刷費僅為估算值，詳細金額將因規格有所變動。
詳見附件之獨立報價單。

※Only one type of design is provided for each item.
※ 每種品項僅提供一種設計。

※The cost of boxes is not included.
※ 未包含箱子的費用。

Subtotal	$3000.00
Tax (%VAT)	$0.00
Total Amount	$3000.00

合計金額

Notes:
備註：

Delivery Format: The requested items will be delivered in paper wrapping.
(If delivery is requested as a digital file, a separate quotation will be submitted).
交貨形式：成品將以紙包裝寄送。（如需提供製作檔資料，將另行報價）

Necessary Materials: Logo image and text information (address, etc) in data format
必須提供素材：商標資料以及地址等文字資料

Production Process: Presentation of sample -> Revision -> Delivery
製作流程：樣品提案→修改→交貨

Signature: _____

POINT

○若已有確定的專案名稱，可一併註記在主旨（Subject）內。

○盡量確保估價單上寫有估價的日期與有效期限，以及估價方的簽名。此外，最好事先確認好支付條件與國內外的課稅事項。

說明時間與進度

一旦開始作業，在回報進度的時候經常會說到日期和時間。這裡將日期時間連同各種介係詞一起列出，整組記下將非常實用。

I will finish it (at 7PM/tonight). 19時に／夜に 完成します。	我會在 晚上 7 點／今晚 完成。
I will finish it (on the 5th/on July 5th). 5日に／7月5日に 完成します。	我會在 5 日／7 月 5 日 完成。
I will finish it on (Wednesday/Wednesday morning). 水曜日に／水曜の朝に 完成します。	我會在星期三／星期三早上 完成。
I will finish it in (December/December this year). 12月に／今年の12月に 完成します。	我會在 12 月／今年 12 月完成。
I will finish it (in the summer/next summer). 夏に／次の夏に 完成します。	我會在夏天／明年夏天 完成。
I will finish it (in 2010/in the spring of 2010). 2010年に／2010年の春に 完成します。	我會在 2010 年／ 2010 年春天 完成。

「我應該再 30 分鐘就能傳檔案給你！」如果想傳達類似的句子時，比起單純使用「minutes」，不妨記下英文中以 15 分為單位的「quarter」以及以 30 分為單位的「half」的用法。這在報時間的時候也能派上用場。

It will take 10 minutes. 10 分かかります。	需要 10 分鐘。
It will take a quarter of an hour. 15 分かかります。	需要 15 分鐘。
It will take half an hour. 30 分かかります。	需要 30 分鐘。
It will take three quarters of an hour. 45 分かかります。	需要 45 分鐘。
It will take an hour and a half. 1 時間半かかります。	需要一個半小時。
It will take more than a day. 24 時間以上かかります。	需要一天以上。

如果想委婉說明「目前還沒全部完成……」，學會用來表達大致進度的語法會很有幫助。

Here is everything. すべてをお見せします。	全部完成了，請確認。
I'll show you the work. It's 80% finished. 8割方お見せします。	目前完成進度約八成，請過目。
Here is 2/3 of what we have finished. 3分の2をお見せします。	目前完成進度約2/3，請過目。
Here is half of what we have done. 半分をお見せします。	目前完成了一半，請過目。
Here are a few of them. いくつかをお見せします。	我傳幾個部份給您過目。
Here is an impression. 触りだけお見せします。	請先看看整體大致的感覺。

舉例來說，8點10分可以說成「eight ten」，不過記下「after/past」（整點過幾分）與「to/before」（幾分後整點）的說法也很好用。至於8點整則可直接用「eight o'clock」。

ten after eight 8時10分	8點10分（英語用法為8點過10分）
twenty-five past eight 8時25分	8點25分（英語用法為8點過25分）
half past eight 8時半	8點半（英語用法為8點過30分）
twenty before nine 8時40分	8點40分（英語用法為9點前20分）
quarter to nine 8時45分	8點45分（英語用法為還有15分鐘9點）
ten to nine 8時50分	8點50分（英語用法為還有10分鐘9點）

說明程度

面對不熟悉的對象或是語言，我們常常很容易用一句「很好！」搪塞過去。如果能學會如何形容程度，就能避免雙方認知上的歧異，精準表達自己的想法。以下先介紹如何給予肯定的評價。

This is perfect. 超いいです。	太棒了。
This is very good. とてもいいです。	非常好。
This is good. いいです。	很好。
This is fairly good. 割といいです。	相當不錯。
This is all right. まぁまぁいいです。	還不錯。
It's not bad. 悪くないです。	不差。

如果想表達「自己曾經接觸過類似工作」這般強調自身經驗值的句子，可以用頻率相關的單字來描述。

I always do that kind of work. 私はいつもその作業をします。	我一直在做這類型的工作。
I often do that kind of work. 私は普通にその作業をします。	我大部份都在做這類型的工作。
I usually do that kind of work. 私はよくその作業をします。	我經常做這類型的工作。
I sometimes do that kind of work. 私は時々その作業をします。	我偶爾會做這類型的工作。
I don't often do that kind of work. 私はその作業をめったにしません。	我不常做這類型的工作。
I have never done that kind of work. 私はその作業をやったことがありません。	我從未做過這類型的工作。

接著介紹如何做出否定的評價。雖然我們都不想用太過負面的字眼給人難堪,不過為了避免影響之後的進度,最好還是學會如何明確傳達覺得「不好」的語意。

This isn't great. 微妙です。	不算太好。
This is lacking. いまいちです。	差強人意。
This isn't good. よくないです。	不好。
This is no good. ダメです。	不行。
This won't work at all. すごくダメです。	完全不行。
I can't accept this. ありえないです。	無法接受。

若是想表達「我應該會接下那份工作!」的時候,不妨使用與可能性相關的單字來描述接下工作的機率。

I'll do that work. 私はその仕事をします。	我會接下那份工作。
I plan to do that work. 私はその仕事をする予定です。	我打算接下那份工作。
I will probably do that work. 私はその仕事をするでしょう。	我很可能會接下那份工作。
I think I will do that work. 私はその仕事をすると思います。	我應該會接下那份工作。
I would like to do that work. 私はその仕事をしたいと思っています。	我很想接那份工作。
I may do that work. 私はその仕事をする可能性があります。	我有可能接下那份工作。

通知交期

會說這些就能通

1
Please (deliver/submit) it by April 10th.
4月10日までに 納品／提出 してください。

請在 4 月 10 日前 交貨／提交。

2
Please send the selected data by the 10th.
10日中にセレクトデータを送ってください。

請在 10 號前寄送指定的資料。

3
Could you finish it by noon on Wednesday?
水曜日の昼までに仕上げていただけますか。

您能在星期三中午前完成嗎？

4
The deadline for the illustration is August 2nd.
イラストの〆切は8月2日です。

插畫的截稿日是 8 月 2 日。

5
I can submit it by the middle of July.
7月半ばにご提出可能です。

七月中左右提交沒問題。

p172-5

6
We plan to deliver it by the morning of July 15th.
7月15日の午前にお届けする予定です。

我們預定會在 7 月 15 日中午前寄出。

帶入情境好實用

- ▶ 預計完成日　　　Scheduled completion date　　　完成予定日（かんせいよていび）
- ▶ 預計發行日　　　Scheduled release date　　　　リリース予定日（よていび）
- ▶ 預計開幕日　　　Scheduled opening date　　　　開催予定日（かいさいよていび）
- ▶ 活動發表日　　　Event announcement date　　　イベント告知開始日（こくちかいしび）
- ▶ 預計交貨時間　　Estimated time of delivery　　　納品予定時刻（のうひんよていじこく）
- ▶ 估算工時　　　　Estimation of workload hours　　見積り工数（みつもりこうすう）
- ▶ 製作／開發 期間　(Production/Development) period　制作／開発 期間（せいさくかいはつきかん）

這樣表達更清楚

7

I plan to finish the design and send it to the printer in June, approve the material for printing and begin printing in July.

7月に印刷＆校了、6月にデザイン＆入稿の予定です。

預計6月設計定稿、交檔，7月完成最後校對後發印。

8

We will begin printing at 2PM on Wednesday the 10th. Please check the material to be printed the day before.

10日（水）の14:00には印刷にかかる予定です。
前日に入稿データを確認してください。

預計10號（三）下午兩點開始印刷。請在前一天確認好進稿資料。

9

We will begin printing in late July, so we would like to compile the drafts and illustrations by the end of June.

7月下旬に入稿なので、原稿や図版等すべての素材を6月末までに揃えておきたいです。

由於我們會在7月下旬發印，希望6月底前能備齊原稿和插圖等所有素材。

10

I am sorry for such a tight schedule, but could you make the final adjustments by July 15th?

タイトで恐縮ですが7月15日までにいただきたく、ご調整お願いできますか。

很抱歉時間安排得這麼緊，但可以請您在7月15日前完成最後修正嗎？

11

Please show me the design proposal on Monday the 10th. We should be able to fix it within the week.

デザイン案は10日（月）に見せてください。その週のうちにFIXできればと思います。

請在10號（一）讓我看一下設計提案，這樣應該就能在該週完成修改。

12

We plan to deliver the goods no later than midnight Japan time on the 10th.

10日の24:00（日本時間）までに納入予定です。

我們預計在日本時間10號的午夜12:00前交貨。

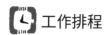
預約會面

會說這些就能通

1

Will you be attending this year's *BMN Expo*?

今年の「BMN エクスポ」にいらっしゃいますか？

您會參加今年的「BMN 博覽會」嗎？

2

Could I come and visit your booth?

ブースにお邪魔してもよろしいでしょうか？

我可以去您的攤位參觀嗎？

3

What time can we meet on the 8th?

8 日は何時にお会いできますか？

請問 8 號我們約幾點見面？

4

We will be doing the briefing tomorrow at 10AM.

明日の 10 時からブリーフィングを行います。

我們會在明天 10 點開始舉行說明會。

5

I would like to come and see you after work.

仕事が終わり次第、顔を出せたらと思います。

我希望工作結束後能去拜訪您。

p96-6

6

Please tell me the days you can work during late April.

4 月の後半で、あなたが動ける日時をお知らせください。

請告訴我 4 月下旬您可以上工的日子。

帶入情境好實用

▶ 地點／時間 由您決定。	I will leave the (place/time) to you.	場所／時間 はお任せします。
▶ 我可以配合您的行程。	I can match my schedule to yours.	予定を合わせられます。
▶ 8 號如何呢？	How does the 8th sound?	8日はいかがですか？
▶ 抱歉，8 號剛好不行。	Unfortunately, I cannot do the 8th.	8日はあいにくダメなんです。
▶ 上午／下午 可以嗎？	Could we do it in the (morning/afternoon)?	午前／午後 にしていただけますか？
▶ 請問地點在哪？	Where is it located?	場所はどちらですか？
▶ 我順道來打聲招呼。	I came by to say hello.	ちょっと挨拶しに来ました。

這樣表達更清楚

7

I would like to set up a meeting while you are here.
あなたのご滞在期間中に、打ち合わせの機会を設けられたらと思います。

我想趁您還在的時候安排一場會議。

8

I would be happy if we could meet in person. I can visit you, or you can visit our company.
直接お会いして打ち合わせができたら嬉しいです。
お伺いする形でも、ご来社いただく形でも構いません。

如果能當面談談就太好了。看是要我去拜訪您，或者您來我們公司也可以。

9

I would like to inspect the design proposal during the 2nd week of September. Please tell me when you are free.
9月の2週目に、デザインの提案に伺えたらと思います。ご都合をお聞かせください。

我希望能在 9 月第二週談談有關設計的提案。還請您告知方便的時間。

10

I would like to show you around the (studio/company) after the meeting on the 8th.
8日の打ち合わせの後、アトリエ／会社 の周辺をご案内できたらと思います。

8 號開完會之後，我想帶您參觀我們 工作室／公司 的環境。

11

The possible days are September 24th to the 26th. Are you free on the 25th?
日程候補は 9 月 24 日から 26 日です。25 日のご都合はいかがでしょうか。

可行的日期落在 9 月 24 日到 26 日之間。請問您 25 號方便嗎？

12

Then I look forward to seeing you on September 25th at 4PM.
それでは、9 月 25 日の 16:00 にお会いできるのを楽しみにしております。

那麼，期待與您在 9 月 25 日下午 4:00 見面。

 工作排程

確認／共享工作排程

會說這些就能通

1
Can you deliver it by April 10th?
4月10日までに納品できますか？

4月10日前可以交貨嗎？

2
I have shared the (development/work) schedule.
開発／制作 スケジュールを共有しました。

我分享了 開發／製作 的行程表給您。

3
The proposed schedule isn't feasible.
ご提案のスケジュールは現実的じゃないですね。

您提議的工作排程在實際執行上會有困難。

4
We need it by August 10th. Would that be possible?
8月10日までに必要なのですが、可能でしょうか？

如果我們需要在8月10日前完成，您覺得可行嗎？　　　　　　　　　　　🔗 p175-11

5
When would the earliest possible delivery date be?
最短の納期だといつになるでしょうか？

最快幾號能交貨呢？

6
Could you upload all completed work on June 15th?
6月15日までにできたところまでアップしてもらえますか？

可以請您在6月15日前上傳完成的部份嗎？

帶入情境好實用

▶ 行程表／時間表	Schedule/Timetable	スケジュール表／予定表
▶ 我的行程滿檔。	My schedule is packed.	予定がぎっしり埋まっています。
▶ 我會把 6 月 10 日空下來。	I will keep June 10th open.	6 月 10 日を空けておきます。
▶ 我會調整我的日程。	I will adjust my schedule.	スケジュールを調整します。
▶ 我有空的日子：	Days I am free:	調整可能な（空いている）日
▶ 我無法配合的日子：	Days I am not free:	調整不可能（NG）な日：
▶ 非工作期間：	Times I will not be available	不在にする期間：

這樣表達更清楚

7

There is the list of tasks (you/we) have to finish by the end of this week.

あなた／我々 が今週終わらせなければならないタスクの一覧です。

這是 您／我們 這週必須完成的工作清單。

8

I have made a Gantt chart. Please check to make sure there are no problems.

ガントチャートを作成しました。こちらで無理がないかご確認いただけますか。

我做了一張甘特圖。請確認看看有沒有問題。

9

I will be unavailable until the middle of July. Could we reschedule the starting date to three weeks later?

7 月半ばまでは動けず、3 週間後にスタートとして組み直していただけますか。

我 7 月中之後才有空處理，請問可以將開始日期延到三週後嗎？

10

I'm planning to take the third week of July off. Please avoid making plans for this period.

7 月の第 3 週は休暇をとる予定ですので、そこを避けていただけるとありがたいです。

我預計在 7 月第三週安排休假，希望可以避開那段期間。

11

Would a production period of around 2 weeks be acceptable?

制作期間は 2 週間程度を見ておけば大丈夫でしょうか？

製作期間抓兩週左右可以嗎？

12

The work, including rough drafts and negotiations, will take four weeks. Can you be available for the next four weeks?

ラフのやりとりなども含めて少なくとも 4 週間は時間をいただけますよう、お願いいたします。

製作上包含草稿的討論等過程至少需要四週時間，請問您接下來四週可以空出時間嗎？

回報進度

會說這些就能通

1
This is the updated schedule.
こちらが更新したスケジュールです。

這是更新後的進度表。

2
We are 5 days behind.
スケジュールが5日ほど遅延しています。

我們的進度落後了五天。

3
I haven't finished gathering data yet.
まだ取材のパートが終わっていません。

我還沒收集完素材。

4
At this rate, I am aiming to finish within the month.
この調子で月内の完成を目指したいと思います。

按這個步調，我希望能在這個月內完成。

5
I can propose a design next Monday.
来週の月曜にはデザインをご提案できると思います。

我預計下週一能提案給您。

⋔ p166-5

6
Unfortunately, there has been zero progress made.
残念ながら進捗はゼロです。

很抱歉，到目前為止沒有任何進展。

帶入情境好實用

▶ 進度　　　　　　　　　Rate of progress　　　　進捗度合い

▶ 完成 60% 的進度。　　　The work is 60% complete　　6割完成です。

▶ 我還沒開始。　　　　　I haven't started yet.　　　　未着手です。

▶ 我正在研究。　　　　　I am currently doing research.　　リサーチ中です。

▶ 我正在構思。　　　　　I am currently working on the concept.　　構想中です。

▶ 我正在檢查。　　　　　I am currently reviewing it.　　見直し中です。

▶ 我準備好了。　　　　　I am all ready.　　　　　準備万端です。

這樣表達更清楚

7

I haven't been feeling well since last week. Could we extend the deadline to next week?

先週から体調を崩しておりまして、提出を来週に延ばしてもらうことはできますか。

我從上週開始身體就不太舒服，可以將期限延至下週嗎？

8

I still cannot figure out a good solution. Could I ask for more time to think?

なかなかよい解決策が浮かばず、もう少し検討する時間をもらえますか。

我還沒想到好的解決方案，可以再給我一點時間思考嗎？

9

The writing is taking longer than scheduled. The design will have to start 2 weeks later than planned.

執筆が押しており、デザインを開始してもらうまでにもう2週間かかりそうです。

撰文比預期得更花時間，因此需要再晚兩週才能開始設計。

10

Only part of it has been finished. Could you start from where I left off and work forward from there?

まだ一部しか完成していませんが、出来たところから順次進めてもらえますか。

目前只完成一部份。可以請您從我做完的地方開始接手嗎？

11

The full prototype should be finished within the week. Could you check it over next week?

今週中に全体のプロトタイプが完成しそうです。来週中にご確認いただけますか。

這週內應該就能完成整體雛形，請問可以在下週內確認完成嗎？

12

I am close to finishing, and am currently performing final revisions.

完成はだいたい見えたので、今はブラッシュアップの作業をしているところです。

我已經接近完成了，目前在做最後的修飾。

催促

會說這些就能通

1

Sorry to bother you while you are busy.
お忙しいところ申し訳ありません。

抱歉在您百忙之中打擾。

2

How has progress been since I last got in touch?
その後の進捗はいかがでしょうか。

從我們上次聯繫之後，有新的進展嗎？

3

I wanted to check in since I haven't heard back yet.
お返事がなく心配しております。

由於尚未收到回覆，我有些擔心。 p216-2

4

I will contact you again for confirmation.
確認のため、再度ご連絡しています。

我會再和您聯繫進行確認。

5

Is the (work/writing) on the project going well?
プロジェクトの制作／執筆は順調ですか。

專案的 製作／寫作 進行得還順利嗎？

6

I look forward to hearing back from you.
ご確認とお返事をお待ちしております。

靜候您的確認與回覆。

帶入情境好實用

▶ 期限／交期／交貨　Deadline/Delivery Date/Deliver　締切／納期／納品
　しめきり／のうき／のうひん

▶ 進稿／完成最後校對　Submit data for printing/Approved for printing　入稿／校了
　にゅうこう／こうりょう

▶ 明早之前　by tomorrow morning　明日の朝までに
　あした　あさ

▶ 今天傍晚 6 點前　by 6PM today　今日の 18 時までに
　きょう　じ

▶ 下週一前　by Monday next week　来週の月曜までに
　らいしゅう　げつよう

▶ 15 號中午前　by the afternoon of the 15th　15 日の正午までに
　にち　しょうご

▶【主旨】請提交　Request for submission　提出のお願い
　ていしゅつ　ねが

這樣表達更清楚

7

The due date is drawing close. Will we need to reschedule?

期日が近づいてまいりました。リスケする必要がありそうですか？
きじつ　ちか　　　　　　　　　　　　ひつよう

期限快到了，請問有需要調整進度排程嗎？

8

While I understand you may be busy, I would greatly appreciate any help in making sure the deadline is met.

お忙しいとは思いますが、間に合うようにご協力いただけると助かります。
いそが　　　おも　　　　ま　あ　　　　　きょうりょく　　　　　　たす

我想您現在一定很忙，不過還是要拜託您趕在截止日前完成。

9

It would appear that the file hasn't been submitted yet. Could you tell my why it is late?

ファイルのご提出がまだのようですが、遅れている理由を教えていただけますか。
ていしゅつ　　　　　　　　　おく　　　　りゆう　おし

我好像還沒收到檔案，能讓我知道遲交的原因嗎？

10

Please notify me of your (progress/status/attendance) by April 10th.

4 月 10 日までに 進捗／状況／出欠 をお知らせください。
がつ　とおか　　しんちょく／じょうきょう／しゅっけつ　　し

請在 4 月 10 日前回報您的 進度／狀況／出席意願。　🔗 p189-9

11

If I do not receive the data by this week, we will miss the deadline.

今週中にデータをいただかないと、間に合いません。
こんしゅうちゅう　　　　　　　　　　　ま　あ

如果無法在這週內收到檔案的話，我們就趕不上截止日了。　🔗 p170-4

12

I am looking forward to it, and greatly appreciate your cooperation.

楽しみにお待ちしております。何卒よろしくお願いいたします。
たの　　　　ま　　　　　　なにとぞ　　　　　　ねが

我很期待，非常感謝您的合作。

收到催促

會說這些就能通

1

Thank you for the reminder.

リマインドありがとうございます。

感謝您的提醒。

2

I am progressing according to schedule.

予定通りに進行しています。

我正按照計畫進行。

3

I have just begun.

ちょうど取り掛かったところです。

我剛開始著手進行。

4

I will do my best to make sure it is finished on time.

間に合うように頑張ります。

我會盡力準時完成。

5

While I have been delayed, I will catch up.

だいぶ遅れていますが、追いつきます。

目前進度落後許多，我會加快速度趕上。

6

I am sorry, but I will not make the deadline.

すみません、間に合いそうにありません。

很抱歉，我應該趕不上截稿日了。

帶入情境好實用

▶ 由於～導致進度落後。　　It is late due to~　　　　～のせいで（～が原因で）遅れています。

▶ 身體不適　　　　　　　　Illness　　　　　　　　　　体調不良

▶ 其他案子有所延誤　　　　Delays in other projects　　別の案件の遅れ

▶ 無法掌控的情況　　　　　Circumstances out of my control　ままならぬ事情

▶ 突發 狀況／事件　　　　Unexpected (trouble/accident)　思わぬ トラブル／事故

▶ （由於）家中發生緊急情況　A family-related emergency　身内で緊急の出来事（があったせいで）

▶ 理不出頭緒　　　　　　　Being unable to gather my thoughts　考えがまとまらない

這樣表達更清楚

7

I am sorry, I completely forgot. I will begin right away.

すみません、失念していました。すぐに取り掛かります。

很抱歉，我完全忘了。我會馬上開始進行。

8

Things are progressing smoothly. While I am not finished, let me give you a glimpse of my work.

今のところ順調です。作業途中ですが一旦お見せしますね。

目前進展順利。雖然還在製作中，先給您過目一下半成品。

9

The project is currently under review. I will discuss the project with you after the review.

目下検討中です。まとまり次第、ご相談します。

專案目前還在評估中。待評估完成後我會找您討論。

10

I will be somewhat late. I will send a progress report next week.

少しだけ遅れております。来週にまた経過を報告します。

進度稍微落後。下週會再向您報告進度。

11

I would be very grateful for an extension of (a few days/one week).

あと 数日／１週間 の猶予をいただけると助かります。

希望能再多給我 幾天／一週 的時間。

12

I haven't started working on it yet. Could you wait until April 10th?

実はまだ手をつけられていません。４月10日までお待ちいただけますか。

其實我還沒開始進行。可以請您等到 4 月 10 日嗎？

資料傳輸

傳送檔案

會說這些就能通

1	I will send it (later/today/at a later date). 後で／今日中に／後日 送ります。 我 稍後／今天內／過幾天 寄給您。
2	I will send it once it is finished. 完成したら送ります。 我一做完就寄給您。
3	I have uploaded the data to Dropbox. データを Dropbox にアップしました。 我已經將檔案上傳到 Dropbox 了。
4	I will attach the file to this email. ファイルを添付しています。 隨信附上檔案。　　　　　　　　　　　　　　　　🔗 p98-3
5	I am sorry, I forgot to attach the file. すみません、ファイルを添付するのを忘れました。 抱歉，我忘了附加檔案。
6	I will send the corrected data. 修正済みデータを送ります。 我會寄給您修正後的檔案。

帶入情境好實用

▶ 壓縮檔　　　　Compressed data　　　圧縮データ

▶ 壓縮資料　　　Compress data　　　　データを圧縮

▶ 解壓縮檔案　　Extract a file　　　　ファイルを展開

▶ 解壓縮檔案　　Unzip a file　　　　　ファイルを解凍

▶ ZIP 格式　　　ZIP format　　　　　ZIP 形式

▶ 資料傳輸服務　Data transfer service　データ転送サービス

▶ 完整資料　　　Complete set of data　データ一式

這樣表達更清楚

7
Please download the data using the link below (Password: AAA).
以下からデータを DL してください（パスワード：AAA）。
請由下方連結下載檔案（密碼：AAA）

8
If there are any problems in the data I have sent, please let me know.
お送りしたデータに不備があったら教えてください。
如果檔案有問題，請聯繫我。

9
Please note that the files are split into two folders.
2 つのフォルダに分かれていますのでご注意ください。
請注意檔案分成了兩個資料夾。

10
This is temporary data, and not the final data.
これはアタリ用のデータです。本番データではありません。
這是暫用的檔案，並非最終檔案。　　　　　　　　　　　　🔗 p211-8

11
There were errors in the data, and so I will resend it. Please use this data.
データに誤りがあったので再送します。こちらを使用してください。
由於資料有誤，我再寄一次。請以此為準。

12
I have reuploaded it, so please check the server again.
再度アップロードしましたので、ご確認お願いします。
我重新上傳了一次，麻煩您確認看看。

 資料傳輸

接收檔案

會說這些就能通

1
I have (received/checked) the data.
データを拝受／確認しました。

我 收到／確認過 檔案了。

2
The data is corrupted.
データが文字化けしていました。

檔案呈現亂碼。

3
I was unable to open the file; it kept giving me an error.
エラーでファイルが開けません。

檔案顯示錯誤無法開啟。

4
There are missing files.
ファイルが不足しているようです。

檔案好像有缺漏。

5
The file is too big. I cannot download it.
データが重くて DL できません。

檔案太大，沒辦法下載。

6
Please send the data one more time.
データをもう一度送ってください。

請再傳送一次檔案。

帶入情境好實用

▶ 連結失效了。	I got a 404 Error.（發音： [four-oh-four]）	リンク切れでした。
▶ 下載連結有效期限	Link expiration date	DL 有効期限
▶ 過期的下載連結	Expired link	DL 期限切れ
▶ 無關的資料	Irrelevant data	関係のないデータ
▶ 舊資料	Old data	古いデータ
▶ 未更新的資料	Outdated data	更新されていないデータ
▶ 更新的資料	Updated data	更新されたデータ

這樣表達更清楚

7
Thank you for the data. I will take a look at it!
データありがとうございます。これから確認します！
謝謝您提供檔案。我會確認看看！

8
There was no problem. I will proceed with the work.
問題ありませんでした。こちらで進めさせていただきます。
檔案沒有問題。我會繼續進行。 p196-2

9
I was unable to receive the file. Could you use another method to send it?
なぜか受け取れません。他の方法で送っていただくことはできますか？
我沒辦法接收檔案。可以請您試試其他傳送方式嗎？

10
I could not access the data. Could you send it in another format?
データが確認できません。他の形式で送っていただけますか。
我沒辦法打開檔案。可以請您轉換成其他格式傳送看看嗎？

11
The download link has expired. Could you please send me a new link?
データを DL しそびれました。再度アップしていただけますか。
下載連結過期了。可以請您再上傳一次嗎？

12
You appear to have sent the wrong file. Could you please confirm this?
間違ったファイルが送られてきているようです。ご確認お願いします。
您好像傳錯檔案了。請確認一下。

 資料傳輸

共享檔案

會說這些就能通

1

I will share the file online.

オンラインでファイルを共有します。

我會在線上共享檔案。

2

Could you share the file with me?

ファイルを共有してもらえますか。

可以請您共享檔案給我嗎？

3

I have sent the link to the shared file.

ファイルを送りました。

我寄了檔案共享的連結。

4

I have shared it through Google (Sheets/Docs).

Google で スプレッドシート／ドキュメント を共有しました。

我透過 Google 共享了 試算表／文件。

5

Please upload the file into the shared folder.

共有フォルダにファイルをアップしてください。

請將檔案上傳到共享資料夾內。

6

Please do not delete the files in the shared folder.

共有フォルダのファイルは削除しないでください。

請勿刪除共享資料夾內的檔案。

帶入情境好實用

▶ 檔案伺服器	File server	ファイルサーバ
▶ 線上儲存服務	Online storage service	オンラインストレージサービス
▶ 複製／移動／編輯 檔案	(Copying/Moving/Editing) a file	ファイルの コピー／移動／編集
▶ 唯讀	Read-only	読み取り専用
▶ 編輯權限	Editing permission	編集権限
▶ 上傳中／上傳完成	Uploading/Finished uploading	アップロード中／アップロード完了
▶ 下載中／下載完成	Downloading/Finished downloading	ダウンロード中／ダウンロード完了

這樣表達更清楚

7
I have shared a folder in Dropbox. Please confirm you can access it.
Dropbox でフォルダを共有しました。ご確認お願いします。

我用 Dropbox 共享了資料夾，請確認看看。

8
You can access the newest resources with the link below.
下記のリンクから最新資料にアクセスできます。

您可以從下方連結取得最新資料。

9
Please insert comments for any changes that you would like to be made.
修正指示は、共有ファイルにコメントで書き込んでください。

請在共享檔案裡插入註解來註明欲修改之處。

10
If you want to edit the file, could you download it from the shared link?
ファイルを編集されたい場合は、
共有リンクからファイルを DL してご利用いただけますか。

如果您需要編輯檔案，請從共享連結將檔案下載。

11
Thanks for sharing the file. Now I'll make sure I can access it from this end.
ファイルの共有ありがとうございます。これから確認していきます。

感謝您共享檔案給我。我這邊會進行確認。

12
Thank you for creating the shared folder. I will upload the files in order.
共有フォルダの作成ありがとうございます。順次アップしていきます。

感謝您建立共享資料夾，我會陸續上傳檔案。

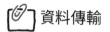
版權相關聲明

會說這些就能通

1
Please send me the project credits.
作品クレジットを送ってください。
請傳給我作品的版權聲明。

2
How should I insert the credits?
クレジットはどのように記載すればよいですか。
請問版權聲明該如何記載？

3
Will you need to check the credits?
クレジットの確認は必要ですか。
您需要核對版權聲明嗎？

4
Please check the credits.
クレジットの確認をお願いします。
麻煩您確認一下版權聲明。

5
Please make sure to insert this (staff list/name).
このスタッフリスト／名前 を必ず記載してください。
請務必標示出 工作人員清單／名字。

6
Please check only the credits page.
クレジットページのみ確認させてください。
麻煩您核對一下版權頁。

帶入情境好實用

▶ 作者：／撰稿：　　　　Author:/Writer:　　　　著者：／執筆：

▶ 投稿：／審訂：　　　　Contributor:/Supervisor:　　寄稿：／監修：

▶ 編著：／編輯：　　　　Compiler:/Editor:　　　　編著：／編集：

▶ 攝影：／地點：　　　　Filmed In:/Location:　　　撮影：／ロケーション：

▶ 藝術總監：／設計：　　Art Direction:/Design:　　アートディレクション：／デザイン：

▶ 插畫：／美術：　　　　Illustration:/Art:　　　イラストレーション：／アート：

▶ 製作：／協力：　　　　Produced by:/Special Thanks:　制作：／協力：

這樣表達更清楚

7

Could you please send the credits using the outline below?

以下のフォーマットにしたがってクレジットを送ってもらえますか。

麻煩您按照以下格式提供版權聲明文字。

8

Please give me the project credits and your (profile/brief biography).

作品クレジットとあなたの プロフィール／略歴 を教えてください。

麻煩您提供作品的版權聲明以及您的 個人介紹／簡歷。

9

I will send the credits page. Please confirm that there are no errors.

クレジットページを送ります。不備がないかご確認お願いします。

我會將版權頁寄給您。請確認是否有需要修改的地方。

10

Will you need me to specify the (copyright/project title/client name)? Is it okay to omit it?

コピーライト／作品タイトル／クライアント名 の明記は必要ですか。
省いても構いませんか？

請問有需要註明 著作權／作品名稱／客戶名稱嗎？或者可以省略呢？

11

Please match the credits to one of the formats below. These are the appropriate formats.

クレジットの表記は以下のいずれかに修正お願いいたします。
これらが正確な表記です。

請將版權聲明按照以下任一格式進行修改。這些才是正確的標示方式。

12

We are checking the credits with each person in charge, so please wait.

クレジット表記を各担当者に確認しますので、お待ちください。

我們正在向各個負責人確認版權聲明文字，請您稍候。

確認

提交

會說這些就能通

1
I will submit the design proposal.
デザイン案を提出します。

我會提出設計方案。

2
I have made the design drawing.
設計図を書いてみました。

我畫了設計草圖。

3
Could you choose from these?
こちらから選んでいただけますか？

您能從這裡面挑選嗎？

4
I have arranged it in the recommended order.
おすすめの順に並べています。

這些是按照推薦程度依序排列。

5
I think that No.4 is the most appropriate.
No.4 が最も適していると思います。

我覺得 No.4 最合適。

6
I await your feedback.
フィードバックをお待ちしております。

期待您的意見回饋。

🎧 p189-10

7

I have considered various directions. I have written my recommendations in the margins.

いくつかの方向性を考えました。余白にレコメンドを明示しています。

我構思了幾個方向，並在空白處寫下了建議。 p189-10

8

This is the finalized image. I am also ready for the presentation.

これが最終イメージです。プレゼンの準備もできています。

這是最終圖像。我也準備好進行簡報了。

9

I have summarized the company logo proposal, manual for the logo, and development example for stationery.

御社のロゴ案とロゴマニュアル、ステーショナリーへの展開例をまとめてみました。

我統整了為貴社製作的商標提案、手冊，以及應用在文具上的示意範例。

10

I will make a proposal with various styles so that we can compare and contrast the feel of each style.

イメージを擦り合わせるために、いくつか幅をもってご提案します。

我會提出不同風格的方案，以便比較與對照每種風格呈現的感覺。

11

I have made the prototype according to your specifications.

仕様書の補足としてプロトタイプを作成しました。

我按照規格書另外製作了原型。

12

I have directly expressed the concept of service in Proposal 1. I aim to shed light on the topic of users with Proposal 2.

案1では、サービスコンセプトをダイレクトに表現してみました。
案2は、ユーザーの課題を浮かび上がらせる狙いです。

我在提案1直接地傳達出服務理念；提案2則試圖釐清用戶的課題。

13

I have finished the requested illustration. I plan to frame it and have it delivered.

ご依頼のイラストが完成したので、額装して発送しようと思います。

您委託繪製的插畫已完成，我預計裱框後就會寄出。

14

The illustration is done. How would you like it delivered?

イラストが仕上がりました。納品形式は何がよろしいでしょうか？

插畫完成了。您希望以何種形式提供呢？

寄送核對用資料

會說這些就能通

1

I will send the PDF to be checked.

確認用の PDF を送ります。

我會寄給您核對用的 PDF。

2

I will send the sample, so please check for accuracy.

サンプルを送りますので、ご確認ください。

我會寄樣本給您，請檢查看看有沒有問題。

3

I have attached a rough copy.

ラフを添付しています。

附件是草稿。

4

I have included the concept sheet.

コンセプトシートを同梱しました。

我一起附上了概念圖表。

5

I will share the points brought up in the interview.

インタビューで洗い出した課題点を共有します。

我會將面談時歸納出的問題點共享給您。

6

I have prepared samples on two types of paper.

2種類の用紙サンプルを手配しました。

我準備了兩種用紙的樣本。

帶入情境好實用

▶ 寄件時支付運費	Prepayment for delivery	送料元払いで
▶ 到貨時支付運費	Payment on delivery	送料着払いで
▶ 顏色樣本／印刷樣本	Color sample/Printed sample	色見本／印刷サンプル
▶ 色票／紙樣	Color chip/Paper sample	カラーチップ／紙見本
▶ 草稿／修改稿	Rough draft/Revised draft	草案／修正案
▶ 掃描的手寫資料	Scanned handwritten material	手書きスキャン
▶ 攝影草圖	Rough plan for photo shoot	撮影ラフ

這樣表達更清楚

7
I have uploaded the layout. Please check for accuracy.
レイアウトをアップしました。ご確認よろしくお願いいたします。

我上傳了版型。請確認。

8
I have sent the color proof today. It should arrive on April 10th.
色校正を本日発送しました。4月10日そちらへ到着する予定です。

我今天寄出了彩色打樣給您，預計4月10日會寄達。

9
Please check for accuracy and reply by April 10th.
4月10日までにご確認のうえ、お返事をいただけますようお願いいたします。

請在4月10日前確認完成並回覆。 p175-10

10
I have uploaded a few patterns. I would like to hear your thoughts.
いくつかのパターンをアップしました。ご意見お聞かせください。

我上傳了幾種款式，想請您提供意見。 p187-7

11
I would like to send a physical object, so please tell me your address and phone number.
現物をお送りしたいので、ご住所とお電話番号をいただけますか。

我想寄給您實際物品，可以告訴我您的地址和電話嗎？

12
I have listed the slip number below. Please notify me when it arrives.
伝票番号は以下になります。無事に届きましたらご一報ください。

單據號碼如下，麻煩您收到後通知我一聲。

確認

要求提供核對用資料

會說這些就能通

1
I would like you to send it as confirmation.
確認用に送って欲しいです。

我想請您寄給我確認。

2
Please let me confirm the layout.
レイアウトを確認させていただけますか。

可以讓我確認一下版型嗎？

3
I will check it by April 10th and send a reply.
4月10日までに確認して、お返事いたします。

我會在4月10日前確認完畢並回覆。

4
I would like to see the color proof; could you send it?
色校を見たいので送っていただけますか。

我想確認一下彩色打樣，可以請您寄給我嗎？

5
Please check the corrected PDF.
修正済みのPDFを再度確認してください。

請再次檢查修改後的PDF。

6
When do you need the confirmation by?
いつまでに確認が必要ですか？

請問需要在何時之前回覆確認？

帶入情境好實用

▶ 用電子郵件／用郵寄	by email/by mail	メールで／郵送で
▶ 船運／空運	by ship/by plane	船で／飛行機で
▶ 追蹤查詢服務	Tracking service	追跡サービス
▶ 配送進度	Delivery status	配達状況
▶ 今日出貨	The items are shipping today	本日出荷で
▶ 急件／即刻	Urgently/Right away	急ぎで／今すぐ
▶ 明天／10 號 到貨	Due (tomorrow/on the 10th)	明日／10 日 着で

這樣表達更清楚

7

The sample has arrived. Thank you very much.

サンプルが届きました。手配していただきありがとうございます。

樣本送到了，非常謝謝您。

8

I would be grateful if you could show me the rough draft.

ラフを見せてもらえると嬉しいです。

可以讓我看一下草稿嗎？非常感謝。

9

Please prepare a sample to be sent by April 10th.

4月10日までに届くよう、サンプルを手配してください。

麻煩您安排樣本於 4 月 10 日前送達。

10

I will begin checking now and send it along with desired corrections.

これから確認して、修正希望はまとめてご連絡します。

我會開始檢查，統整好需要修改的地方再寄給您。

11

Please show it to me in its current state, even if it's a rough draft.

現状のものでいいので見せてください。

請讓我看看目前的狀態，草稿也沒關係。

12

I want to check the (color/texture/feel), so please send a sample copy by motorbike delivery.

色味／質感／物感 を確認したいので、バイク便で見本を送ってください。

我想確認一下 顏色／質感／觸感，麻煩您用機車快遞將樣本送來給我。

確認

配合修改、期望或其他意見

會說這些就能通

1
I would like to hear your opinion.
ご意見いただければ幸いです。

我想聽聽您的意見。

2
What was your impression?
どのような印象を持たれましたか？

您的印象如何？　　　　　　　　　　　　　　　　　p44-6

3
I will adjust it according to your wishes.
ご希望に沿うよう調整します。

我會按照您的期望調整。　　　　　　　　　　　　　p204-2

4
Could you please add your corrections?
赤字をいただけますか。

可以請您加上訂正嗎？

5
Could you please send (an image/text) to replace it?
差し替え画像／テキスト をいただけますか。

可以寄給我替代的 圖片／文字 嗎？

6
Do you have any concerns about the sample?
気になる点はありますか？

樣本有任何不妥的地方嗎？　　　　　　　　　　　p44-5

帶入情境好實用

▶ 我會重新寫過。　　I will do a rewrite.　　リライトします。

▶ 我會修圖。　　I will process the image.　　画像を加工します。

▶ 我會 編輯／修正。　　I will (edit/revise) it.　　編集／訂正します。

▶ 我會 調整／細修。　　I will (adjust/refine) it.　　調整／改良します。

▶ 我會更改。　　I will change it.　　変更します。

▶ 我會訂正。　　I will add corrections.　　手を加えます。

▶ 我會改善。　　I will improve it.　　改善します。

這樣表達更清楚

7
If you have any desired corrections, please let me know by April 10th.
修正のご希望がありましたら、4月10日までにご指示ください。

如果有要修改的地方，請在 4 月 10 日前提出。

8
If there are any areas that require correction, please let me know by email.
修正が必須の箇所がありましたら、メールで指示をいただきたいです。

如果有任何地方需要修改，麻煩您傳郵件告訴我。

9
Thank you for the corrections. I will send it again after making the revisions.
修正点、承知しました。修正を反映して再送します。

感謝您提供的修改資料。改完之後我會再寄給您。

10
Thank you for your thoughts. I will take them into consideration.
ご意見ありがとうございます。参考にさせていただきます。

謝謝您的意見。我會作為參考。

11
I am not sure if I can meet your expectations. Could you give me your general opinion?
ご希望に沿えるかわかりませんが、一通りご意見をいただけますか？

不曉得是否符合您的期望，可以大致分享一下您的意見嗎？

12
I see. That is very helpful. I will let the (designer/printer) know.
なるほど、参考になります。デザイナー／印刷所 に伝えます。

我了解了，這很值得參考。我會轉達給 設計師／印刷廠。

確認

提出修改、期望或其他意見

會說這些就能通

1
Could I ask you to revise the data?
データの修正をお願いできますか。

可以請您幫忙修改檔案嗎？

2
Please revise this in particular.
これに関しては必ず修正してください。

這部份請務必修改。

3
I have added (revisions/instructions).
赤字／指示 を書き入れました。

我加上了 訂正／說明。

4
Please make revisions according to the attached file.
添付のように修正をお願いいたします。

請依附件檔案進行修改。

p41-9

5
Please trim the illustration according to the corrections.
赤字の通り図版のトリミングを変更してください。

請依訂正的說明裁剪圖片。

6
Please replace the (text/image) with the attached.
テキスト／画像 を添付のものに差し替えてください。

請使用附件檔案內容取代 文字／圖片。

帶入情境好實用

▶ 請確認～	Please check~	～を確認してください。
▶ 粗體字的註記	the comment in bold	太字のコメント
▶ 使用醒目提示的註記	the highlighted comment	ハイライトしたコメント
▶ 訂正與校對記號	the corrections and proofreader's marks	赤字と校正記号
▶ 照片／圖片 解析度	the (photograph/image) resolution	写真／画像 の解像度
▶ 統一字型與字級	if the font and font size lines up correctly	書体と級数の統一
▶ 版型有誤	errors in the layout	レイアウトのズレ

這樣表達更清楚

7

I have attached the desired draft layout. Could you try using this?

希望するレイアウト案を添付しています。こちらを試していただけますか。

附件是按照您的期望設計的版型草案。您可以試用看看嗎？

8

I think it would be better if it were a little brighter. Could you color correct the file?

もう少し明るいほうが好きです。データの色補正をお願いできますか。

我覺得再稍微亮一點會更好。可以請您幫檔案進行校色嗎？　　　　　　　　🔗 p39-9

9

It looks a little too red. Can you make adjustments at the printing facility?

少し赤味が強いようです。現場で調整していただけますか。

看起來有點偏紅。可以請您在印刷時進行調整嗎？

10

The images look blurry. Please darken the shadows and raise the saturation and contrast.

画がぼんやりして見えるので、暗部を締めて、
彩度とコントラストを上げてください。

圖片看起有點模糊，麻煩您加強陰影、提高彩度和對比。

11

I cannot approve the colors in this sample. Could you send something closer to the original?

このサンプルでは色味が確認できません。本番に近いものをお送りいただけますか。

這個樣本沒辦法用來校對顏色。可以請您提供更精確的樣本嗎？

12

Could you remove the effect? The shape is distorted as a result.

エフェクトを適用しないでもらえますか。これでは正しい形が伝わりません。

可以麻煩您將效果移除嗎？否則看起來都變形了。

說明這樣沒問題／行不通

會說這些就能通

1	I approve of this design plan. このデザインプランを承認します。 我同意這項設計提案。	⬧ p234-2

2	This is good! Please continue like this. これで OK です！この通りに進めてください。 這樣就沒問題了！請按此繼續進行。	⬧ p181-8, 230-1

3	There are no corrections necessary. 修正はありません。 沒有需要修改的地方。	

4	I don't think this will work. おっと、これだとまずいですね。 我覺得這樣不太行。	

5	This is not what I wanted. 求めていたものと違います。 這和我想要的不一樣。	

6	Could you stop the work for the time being? 一度作業をストップしてもらえますか。 可以請您先暫停作業嗎？	

帶入情境好實用

這樣表達更清楚

7
I have checked it, and there are no problems. I look forward to the finished product.
確認（かくにん）しましたが、問題（もんだい）ありません。仕上（しあ）がりが楽（たの）しみです。

我確認過了，沒有問題。很期待看到成品。

8
Please don't make any changes to what you have shown me.
見（み）せていただいたものから変更（へんこう）のないようにお願（ねが）いいたします。

麻煩您維持之前讓我看過的樣子，不要做任何更動。

9
There are no more corrections. Thank you for your response.
修正（しゅうせい）は以上（いじょう）です。ご対応（たいおう）いただきありがとうございました。

沒有需要修改的地方了，謝謝您的協助和配合。

10
After checking it, I still have concerns. I am very worried.
確認（かくにん）したところ、これだけの不備（ふび）がありました。とても心配（しんぱい）です。

我確認之後發現還是有問題，這讓我十分擔心。 🔗 p221-11

11
This is different from what was planned. I cannot accept it.
イメージとかけ離（はな）れています。了承（りょうしょう）することができません。

這與原先的預想有很大的差距。我沒辦法接受。

12
We cannot continue at this level of quality. Let's have another talk.
このクオリティでは進（すす）められません。一度話（いちどはな）し合（あ）いましょう。

這樣的品質我們沒辦法繼續進行。找個時間談談吧。

指示

表達理念與意象

會說這些就能通

1

Let's bounce ideas for the image off each other.

イメージを擦り合わせましょう。

讓我們交流一下彼此的理念想法吧！

2

The design's concept is described below.

デザインのコンセプトは以下になります。

以下是我的設計理念。

3

We are drifting from the original concept.

元のコンセプトからズレてきています。

我們逐漸偏離原本的理念。

4

The image is shown below.

イメージは以下になります。

整體意象呈現如下。

5

I have attached resources for the image.

イメージの資料を添付しました。

附件是有關整體意象的資料。

6

This is different from what I imagined.

イメージと違います。

這和我想像的不一樣。

p39-8

帶入情境好實用

- ▶ 傳統的／先進的　　　Traditional/Modern　　　伝統的な／先端的な
- ▶ 古典中帶新意　　　　Classic but new　　　　クラシックでありながら新しい
- ▶ 針對～提供的服務　　As it is a service aimed at~　　～向けのサービスなので
- ▶ 目標客群是～　　　　Our target demographic is~　　ターゲット層は～です。
- ▶ 主婦／高齡者／經營者／學生　Wives/The elderly/Managers/Students　主婦／高齢者／経営者／学生
- ▶ 主色／主題是「　」。　The (key color/theme) is "".　　キーカラー／テーマは ""。
- ▶ 設計理念是「　」。　Our design concept is "".　　デザインコンセプトは ""。

這樣表達更清楚

7	I would like you to reflect the brand concept of "movement and community."
	ブランドコンセプトである「移動とコミュニティ」を反映させて欲しいです。
	我希望能呈現出「移動與群體」的品牌理念。

8	The concept is "a bouquet beyond words." I would like a design that expresses the thoughts of the sender.
	コンセプトは「言葉以上の花束」です。贈る人の想いを伝えるデザインをお願いします。
	理念是「超越語言的花束」。我想要可以傳達贈送者心意的設計。

9	The theme is "tranquility and the calmness of the soul," so I would like it to have a calm tone.
	「静寂と心の安らぎ」をテーマにしているので、落ち着いた色調に仕上げたいです。
	主題是「寂靜與平穩的心」，所以我希望以柔和的色調呈現。

10	I would like to express "industrial and inorganic beauty" in this space.
	この空間には「インダストリアルで無機質な美」を表現したいと考えています。
	我希望在這個空間表現出「工業與無機之美」。

11	This time I would like to appeal to "the rustic wealth of natural ingredients." Please refer to the concept art.
	今回は「野趣に富む自然素材」をアピールしたいです。イメージボードを参照してください。
	這次我想特別強調「富有質樸之美的天然素材」。請參見概念圖。

12	I want to have pop art visuals that embody the positivity associated with the title "YES."
	タイトルの「YES」から連想する前向きさを、ポップなビジュアルに込めたいです。
	我希望以普普藝術風格體現出標題「YES」所帶來的正向的感覺。

指示

下達工作

1

I have gathered the materials, so please begin production.
素材が揃ったので制作に入ってください。

素材我都收集好了，接著就請您開始著手製作。

⚓ p208-6

2

Please refer to the materials as you continue your work.
資料を参考にして作業を進めてください。

麻煩您參考這些資料進行接下來的工作。

⚓ p211-7

3

Please proceed with the design according to the format.
フォーマットに沿って制作を進めてください。

請按照格式進行設計。

4

Could you draw it in a (landscape/portrait) format?
横位置／縦位置 で描いてもらえますか。

可以請您以 縱向／橫向 繪製嗎？

5

Please use this illustration as your base.
このイラストをメインに使用してください。

請以這張插圖為主體。

6

Could you accentuate this (part/diagram/text)?
この 部分／図表／文字 を強調してもらえますか。

可以特別強調 這部份／這張圖表／這段文字 嗎？

帶入情境好實用

▶ 我想請您寫出要點　I want you to write down the essentials　要項を書いて欲しい

▶ 我想請您畫草圖　I want you to make a rough sketch　ラフを切って欲しい

▶ 我想請您收集參考資料　I want you to collect reference materials　参考資料を集めて欲しい

▶ 我想看落版單　I want a flatplan　台割が欲しい

▶ 我想看 縮圖／線框圖　I want a (thumbnail/wireframe)　サムネール／ワイヤーフレーム が欲しい

▶ 我想請您設計格式　I want you to make a format　フォーマットを作って欲しい

▶ 我想請您製作原型　I want you to make a prototype　プロトタイプを作って欲しい

這樣表達更清楚

7	I have uploaded the rough sketch and materials. Please ask whenever there is something you don't understand.
	ラフと素材をアップしました。不明点がありましたら都度聞いてください。
	我上傳了草圖和素材。有不清楚的地方請隨時問我。

8	I have summarized below the points and instructions I want you to remember about the project.
	制作にあたり、押さえておいて欲しい点と指示を以下にまとめています。
	我在下方整理了有關您製作時需要留意的重點以及相關說明。

9	First, start with the poster's design. Please reuse the poster's design for the flyers.
	まずは、ポスターのデザインから着手してください。チラシはポスターのデザインを流用してください。
	首先，請先從海報開始設計。傳單請直接沿用海報的設計。

10	The sketch is fully assembled, so could you make it look good?
	ラフは要素を適当に並べているので、綺麗に配置してもらえますか。
	草圖已經將各項要素涵蓋進去，可以請您讓整體配置看起來更美觀嗎？

11	The right-holder's revisions are very strict, so we would like to faithfully localize the original design.
	権利者のチェックが厳しいので、オリジナル版のデザインに忠実にローカライズしていただきたいです。
	由於權利人的要求很嚴格，我們希望能將原始設計忠實地加以在地化。

12	Could you summarize the guidelines for brand colors and logos to be used in distribution?
	ブランドカラーとロゴのガイドラインを配布用にまとめてもらえますか。
	可以請您整理一份分發用的品牌標準色及商標指南嗎？

要求重做

會說這些就能通

1
Could you try it once with shades of blue?
青系の色で一度試していただけますか。

可以請您用藍色系試看看嗎？

2
Could you bring out color variations?
カラーバリエーションを出していただけますか。

可以請您多展現一些顏色變化嗎？

3
I would like to consider a different pattern.
別のパターンを検討したいです。

我希望能評估其他款式。

p40-5

4
Could you make different variations?
他のバリエーションも作ってみてもらえますか。

可以請您試試看其他變化嗎？

5
Could you go back to the previous version?
前のバージョンに戻していただけますか。

可以改回前一個版本嗎？

p39-7

6
Could you send me another proposal within the week?
今週中にもう一案送ってもらうことはできますか。

可以請您在這週內提供另一個方案嗎？

帶入情境好實用

▶ 我想要它更加～　　　　I would like it to~　　　　もっと～してほしいです。

▶ 明顯／低調 一點　　　　stand out more/stand out less　　　目立つように／目立たないように

▶ 更強烈／更隱晦／更沉穩　　look (stronger/fainter/cooler)　　強く／弱く／クールに

▶ 更明亮／更飽和／更有活力　look (brighter/darker/more energetic)　明るく／濃く／元気に

▶ 更簡潔／更複雜／更大膽　look more (simple/complex/bold)　　シンプルに／複雑に／大胆に

▶ 更活潑／更莊重／更優雅　look more (lively/dignified/elegant)　賑やかに／重厚に／エレガントに

▶ 更銳利／更和緩／更自然　look (sharper/looser/more natural)　シャープに／ゆるく／ナチュラルに

這樣表達更清楚

7

I'm worried about the colors and certain elements.
Could you make it look more chic?

色と要素が煩いですね。もっとシックな雰囲気に仕上げていただけますか。

我對顏色和部份要素有些疑慮，可以讓整體感覺更雅致一點嗎？　　　　　　　　🔗 p39-9

8

I would like a more straightforward design so it doesn't clash with the contents.

内容と齟齬がないよう、もう少し真面目なデザインにしたいです。

我希望整體設計能更直截了當一些，以免和內容產生不協調。

9

It felt rather childish to me. I would like it to be more clear and refined.

少し子どもっぽい印象を受けました。クリアな洗練さが欲しいです。

這看起來有點孩子氣。我希望可以是更乾淨、俐落的感覺。

10

I think you are relying too much on the draft. Could you forget it for a moment and just draw freely?

ラフにとらわれすぎているかもしれません。
一度忘れて、自由に描いてみていただけますか。

我想您可能太過受制於草圖了。不如先忘了草圖，自由發揮看看怎麼樣？

11

Could you finish (redoing the layout/revising the design) by tomorrow?

レイアウトの見直し／デザインの修正 を、明日中に仕上げていただけませんか。

可以請您在明天內完成 版型的調整／設計的修改 嗎？

12

We didn't take enough pictures, so we would like to take pictures of the product again, but from a different angle.

画像の点数が足りないので、製品を別の角度から再撮したいのですが……。

由於拍的照片數量不夠，所以我們想從不同角度再多拍一些商品的照片。

滿足／拒絕要求

會說這些就能通

1

I understand.

承知しました。

我了解了。

p116-4

2

Understood. I will handle it right away.

了解しました。すぐに対応します。

了解。我立刻處理。

p192-3

3

I will call you back after I look into it.

一度検討してみて、折り返します。

我評估後再回覆您。

4

I think this will be difficult due to (time/money).

時間的／金額的 に難しいかと思います。

我認為 時間上／預算上 有困難。

5

I have made a few.

いくつか作ってみました。

我試做了幾個。

6

I have revised it according to your instructions.

ご指摘の点、修正しました。

我已經針對您提出的問題修改完成。

帶入情境好實用

▶ 我會重畫。 — I will redraw it. — 描き直します。

▶ 我會找到平衡點。 — I will balance it. — バランスをとってみます。

▶ 我會讓顏色更鮮明。 — I will make it more vibrant. — 色味を足してみます。

▶ 我會簡化一些要素。 — I will simplify it. — 要素を引いてみます。

▶ 我會帶出輕盈感。 — I will make it feel lighter. — 軽さを出してみました。

▶ 我重新做好了。 — I have redone it. — 見直してみました。

▶ 我多加了一個功能。 — I have added a function. — 機能を追加しました。

這樣表達更清楚

7

Thank you for the materials. I will check them and then proceed.
素材をありがとうございます。確認して進めていきます。

謝謝您提供的素材。我確認之後就會開始進行。

8

I agree. I tried it on a part of the work, so please tell me your thoughts.
同じ意見です。部分的に試してみましたので、ご判断ください。

我同意。我試做了一部份,還請告訴我您的想法。

9

I understand what you are saying, but I do not think changing the proposal is a good idea.
仰ることはわかるのですが、この案をいじってもあまりよくならないと思います。

我了解您的意思,但我不認為修改這個方案是個好主意。

10

I do not understand what you are saying. What do you mean by a straightforward design?
仰ることがよくわかりません。真面目なデザインとはどういうものを想像されていますか?

我不太了解您的意思。您說的直截了當具體而言是什麼樣的感覺?

11

I tried all kinds of things, but I think the original proposal works best. I will send you everything I've done.
色々試してみましたが、元の案がしっくりくるように思います。一応全部送りますね。

我做了各種嘗試,不過我還是覺得原本的方案最合適。總之我全部都先寄給您看看。

12

I have fixed it. I think we can proceed with this. What do you think?
直しました。こちらでいけたらと思いますが、いかがでしょうか。

我改好了。我想這次應該沒問題了,您覺得呢?

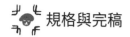
討論規格

1

Is there still time to change the specifications?

仕様の変更はまだ間に合いますか。

請問現在還來得及變更規格嗎？

2

Could you send me a sample of the material?

素材のサンプルを送ってもらえますか。

可以請您寄給我素材的樣本嗎？

3

Can we go with a nonstandard size?

変型サイズを指定できますか。

請問我們能選擇非常規尺寸嗎？

4

Could you (increase/decrease) it by one size?

一回りサイズを 小さく／大きく できますか。

請問可以 小／大 一個尺寸嗎？

5

Could we use (fluorescent/metallic) ink?

蛍光／メタリック インキは使えますか。

請問可以使用 螢光色／金屬色 嗎？

6

I would like to use (matte/rough/glossy) paper.

もっと マットな／ラフな／光沢のある 紙を選びたいです。

我想使用 消光／質地粗糙／有光澤 的紙張。

帶入情境好實用

▶ 書背厚度／假書樣本 *　　Cover thickness/Dummy　　束幅／束見本

▶ 上亮光／上霧光　　　　(Gloss/Matte) varnish　　グロスニス／マットニス

▶ 滿版上光／局部上光　　(Full/Partial) varnishing　　全面ニス引き／部分ニス引き

▶ 打凸／打凹　　　　　　Embossing/Debossing　　エンボス加工／デボス加工

▶ 燙金／模切　　　　　　Foil stamping/Die cutting　　箔押し加工／型抜き加工

▶ 網版印刷／活版印刷　　Screen printing/Letterpress printing　　スクリーン印刷／活版印刷

▶ 壓線／騎縫線　　　　　Folding/Perforation　　折り加工／ミシン目加工

* 譯注：使用預定用紙裝訂成冊，但是不印刷，僅用來確認整本書的厚度。

這樣表達更清楚

7

Could you summarize the decisions in the specification form? I will make an estimate based on it.

決定事項を仕様書にまとめてもらえますか。こちらで見積もってみます。

可以請您將確定事項整理到規格書裡嗎？我會依此估價。

8

I want to make the lower art transparent, so would it be possible to UV print it onto a PET plastic sheet?

下の絵を透させたいので、PET素材のカバーにUV印刷をすることは可能ですか。

我想讓下面的圖透出來，有可能利用 UV 印刷將其印在 PET 塑料板上嗎？

9

Could we print the surface with four-color process printing, and the inside with two spot colors?

表面をプロセス4c、裏面を特色2cで印刷することはできますか。

有可能表面用四色、背面用兩個特色印刷嗎？

10

I would like to print a flyer on both sides of an A4 sheet. How much longer would it take to do a trifold?

A4のチラシを両面印刷したいのですが、3つ折りにするとどのくらい納期が延びますか？

我想印製 A4 尺寸的雙面傳單，如果要三摺加工，請問交期會延後多久？

11

I would like to design a case that the collection can fit perfectly into. Could you send me the geometric net?

画集がぴったり収まる函をデザインしたいのですが、展開図面をもらうことはできますか。

我想設計一個可以剛好裝進畫冊的盒子。可以請您提供展開圖嗎？

12

We would recommend offset printing for the quality, but I can do print-on-demand.

クオリティ的にはオフセット印刷がおすすめですが、オンデマンド印刷でも十分対応できます。

我們推薦使用平版印刷以確保品質。但我也能提供隨選列印的服務。

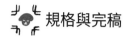

指定規格

會說這些就能通

1
I have decided on 200x160mm for the format size.
判型は 200 × 160mm に決定しました。

版型尺寸確定為 200*160mm。

2
The total number of pages, including the cover, is 52.
総ページ数は表紙を入れて 52 ページです。

總頁數包含封面為 52 頁。

3
I would like to pattern the envelope with gold.
封筒に金で模様を箔押ししたいです。

我想在信封加上燙金圖案。

4
Please secure the paper as per the estimate.
見積りの通りに用紙の確保をお願いいたします。

請確保用紙的規格與估價一致。

5
The special color is PANTONE3539c.
特色部分は PANTONE3539c です。

使用的特色為 PANTONE3539c。

6
Please use this mockup (physical sample) as reference.
こちらのモック（立体見本）を参考にしてください。

請參考這個實體模型（立體樣本）。

⌐ p200-2

208

帶入情境好實用

▶ 形狀／構造／版面設計	Shape/Structure/Layout	形状／構造／設計（配置）
▶ 實際尺寸／全尺寸／成品尺寸	Exact size/Full size/Final size	実寸／原寸／仕上がりサイズ
▶ 材料／功能	Materials/Functions	材料／機能
▶ 塗佈紙／非塗佈紙	Coated paper/Uncoated paper	塗工紙／非塗工紙
▶ 顏色數	Number of colors	色数
▶ 破脊膠裝／精裝	Burst binding/Case binding	アジロ綴じ／上製本
▶ 圓背／方背	Round spine/Flat spine	丸背／角背

這樣表達更清楚

7
Please silk-screen the design onto the back of the hooded sweatshirt, and embroider the logo on the right sleeve.
パーカーの背中のグラフィックはシルクスクリーンで、右袖のロゴは刺繍で入れてください。
連帽衫背後的圖案請使用網印，右邊袖子的標誌則使用刺繡。

8
Please individually print the six A patterns on the fronts of the cards, and the B patterns on the backs of the cards.
Aの6種類の絵柄はカードの表面に1枚ずつ、Bの絵柄はカードの裏面に共通で印刷してください。
請在卡片正面分別印上 A 的六種圖案，背面則統一印上 B 的圖案。

9
I would like to make the paper weight a little thicker than the estimate, and go with 104.7g/m².
紙の坪量は見積りよりひとつ厚い 104.7g/m² で進めたいと思います。
我希望紙的基重可以採用 104.7g/m2，比當初估算的再厚一點。

10
Could you make 10 tapestries each for the three sizes, using the pattern attached?
添付のパターンを使って、タペストリーを3サイズで10枚ずつ制作してください。
麻煩您用附件的花色製作三種尺寸的掛布，每種尺寸各 10 張。

11
I would like to make a special order for a sleeve case made with No. 6 leather that can fit a 7.9 inch tablet.
7.9 インチのタブレットに合うスリーブケースを No.6 の革で特注したいのですが。
我想特製一個用 No.6 皮革縫製的保護套，可以剛好裝得下 7.9 吋的平板電腦。

12
I would like the book to be bound with (saddle-stitch binding/perfect binding).
製本は 中綴じ／無線綴じ でお願いします。
裝訂方式請使用 騎馬釘／膠裝。

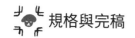

完稿／完成最後校對

會說這些就能通

1
Please format it as a manuscript in (RGB/CMYK).

RGB ／ CMYK で入稿データを作ってください。

請以 RGB ／ CMYK 製作完稿檔案。

2
What format do you want for the printed manuscript?

入稿のフォーマットを教えていただけますか。

請告訴我完稿的格式。

3
Do you have any specifications for the file format?

ファイル形式の指定はありますか。

請問有指定的檔案格式嗎？

4
I have uploaded the manuscript data to the server.

入稿データをサーバにアップしました。

我已經將完稿檔上傳到伺服器了。

5
The colors are out of register. Please make sure they are in register.

版ズレしているので、見当を合わせてください。

顏色有漏白，請確保將色版套準。

6
Please make the color a deeper shade.

インクをもっと盛ってください。

請加重油墨的量。

帶入情境好實用

▶ 裁切／四角／摺線標記　(Crop/Corner/Fold) mark　内／外／折りトンボ

▶ 實際印刷區域／出血　Print area/Bleed　印刷（仕上がり）領域／裁ち落とし（塗り足し）

▶ 拼版／分頁　Paste-up/Pagination　版下／面付け

▶ 台＊／摺成台的樣本　Signature/Check copy　折り丁／校正用の折り丁

▶ 頁碼／頁數　Page number (folio)/Page count　ノンブル／ページ数

▶ 簡易打樣／正式打樣　Prepress proof/Press proof　簡易校正／本機校正

▶ 試印／正式印刷　Test print/Finished print　テスト印刷／本番印刷

＊編注：將印刷好的一整張紙按頁數順序摺疊，一疊即稱作一台。

這樣表達更清楚

7
Using the color sample and instructions as reference, please retouch the photograph.
この色見本と指示書を参考に、写真の現像とレタッチをお願いいたします。
請參考這個顏色樣本和說明為照片進行修圖。　🔗 p200-2

8
Please replace the placeholder images on the layout with the actual images and print it.
レイアウトしてあるアタリ画像を本番画像に差し替えて印刷してください。
請把版面上的暫用圖像換成正確的圖之後再印刷。　🔗 p179-10

9
Please make two color proofs, one before editing and one after editing, and send them both to the address below.
色校正は加工前と加工済みのものを 2 部ずつ出して、それぞれ下記の住所へ届けてください。
麻煩各準備兩份修改前與修改後的彩色打樣，並分別寄到以下住址。

10
Please relay the following points of caution to the printing director.
以下の注意点を印刷所のプリンティングディレクターに伝えてください。
請將以下的注意事項轉達給印刷廠的總監。

11
Could we arrange it so that I will be present for the printing? Please let me know the time and factory location.
印刷に立ち会いたいのですが、手配していただけますか。日時と工場の住所を教えてください。
我想到印刷廠看印，可以請您協助安排嗎？麻煩告訴我時間和廠址。

12
The proof is good to go. Please make sure the final print matches the colors on the proof.
以上で校了です。本番でも色校の色の通りに印刷してください。
以上全部校對完成了。正式印刷時請依照彩色打樣的顏色印製。

情緒表達

感動

會說這些就能通

1

I am very impressed.
感動しています。

我非常感動。

2

It is very impressive.
とても印象的です。

這非常令人印象深刻。

3

I think it is brilliant.
素晴らしいと思います。

我覺得非常出色。

p38-4, 64-4

4

I have been blown away by your work.
あなたの仕事に圧倒されました。

您的作品太令我驚艷了。

p240-1

5

I am charmed with your production.
あなたの作品に魅せられました。

我深受您的作品吸引。

p38-3

6

This is the best work I've ever seen.
これ以上ない出来映えです。

這是我看過最棒的作品了。

這樣應答好自然

▶ 太棒了！（帶有驚訝）　　Amazing!　　　　　すごい（驚き）！

▶ 天才！　　　　　　　　Genius!　　　　　　天才！

▶ 做得好！　　　　　　　That's great!　　　　さすが！

▶ 真是太優秀了！　　　　You're very good!　　なんて上手いんだ！

▶ 太令我著迷了！　　　　I am fascinated!　　　うっとりした！

▶ 我好興奮！　　　　　　I am excited　　　　興奮した！

▶ 我備受啟發！　　　　　I am inspired!　　　触発された！

這樣表達更清楚

7
I was moved by your amazing work.
あなたの素晴らしい仕事に感動しました。

您美妙的創作深深打動了我。　　　　　　　　　　　🔗 p248-3, 253-7

8
This took my breath away. It is beyond imagination.
息をのむほど美しいです。想像を超えています。

真是美得令人屏息。完全超乎我的想像。

9
I was touched by your moving (text/message).
心に響く テキスト／メッセージ に感激しています。

您那能夠引起內心共鳴的 文字／訊息 深深觸動了我。

10
I have been influenced by your wonderful (production/attitude).
あなたの素晴らしい 作品／姿勢 に感化されました。

我深受您出色的 作品／舉止 所影響。　　　　　　🔗 p253-7

11
I did not expect it to be like this. This is wonderful.
こんなふうになるとは思わなかった。とても素敵です。

我沒想過可以變成這樣。太棒了。

12
I am very glad I entrusted this to you.
あなたにお願いして本当によかったです。

我真慶幸當初把這件事託付給您。　　　　　　　　🔗 p249-11

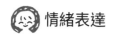 情緒表達

安心／滿意

會說這些就能通

1
I am relieved.
安心しました。

我安心了。

2
It is good to hear that.
それを聞いてほっとしました。

聽您這麼說我就放心了。

🔗 p36-5

3
That takes a weight off my mind.
心が軽くなりました。

我覺得心裡輕鬆多了。

4
I am no longer worried.
緊張からようやく解放されました。

我總算不用擔心了。

5
I am satisfied.
満足です。

我很滿意。

6
I am satisfied with everything.
すべてに満足です。

我對一切都很滿意。

這樣應答好自然

- ▶ 真是太好了。　　That is good to hear.　あぁよかった。
- ▶ 我超級不安的～　I was worried.　　ハラハラした～
- ▶ 已經沒事了。　　I am okay now.　　もう大丈夫。
- ▶ 冷靜一下。　　　Let's calm down.　落ち着こう。
- ▶ 無懈可擊！　　　Perfect!　　　　　完璧だ！
- ▶ 真是有趣的經驗！　That was fun!　　楽しかった！
- ▶ 總算卸下了肩上的重擔。　That is a load off my mind.　肩の荷が下りた。

這樣表達更清楚

7
I am relieved that it is not as bad as I feared.
心配していたほどのことではなくて、少し安心しました。

似乎沒有想像中那麼糟，我稍微安心一點了。

8
I was very worried, and I am happy you have gotten in touch.
とても心配していたので、ご連絡いただけてよかったです。

我擔心極了，收到您的聯繫真是太好了。

9
I was worried this whole time, and now I can relax.
ずっと気になっていたので、気持ちが楽になりました。

我一直惦記在心上，現在終於可以放輕鬆了。

10
I am happy you like it! I feel relieved to hear that.
気に入ってもらえてよかった！一安心です。

很高興您喜歡！這樣我就放心了。

11
I am very happy you feel that way.
あなたのその気持ちだけで、満足です。

能帶給您這樣的感受，我就很滿足了。

12
I am happy to have achieved success.
成功を見届けられて、とても満足です。

我很開心能夠見證這次成功。

擔心／牽掛

會說這些就能通

1	Are you all right? 大丈夫ですか？ 您還好嗎？ p246-2
2	I am worried about you. あなたのことが心配です。 我很擔心您。 p174-3
3	I am concerned about the project's progress. プロジェクトの進捗が気がかりです。 我對專案的進度感到憂心。
4	I am worried about the brand's future. ブランドの未来が心配です。 我很擔憂品牌未來的發展。
5	Please don't overthink it. 考えすぎないようにしてくださいね。 請不用想太多。
6	Please don't go overboard. 無茶しないようにしてください。 記得別太過頭了。

這樣應答好自然

▶ 發生什麼事了？　What happened?　何かあったの？

▶ 怎麼了？　What's wrong?　どうしたの？

▶ 你心情不好嗎？　Do you feel down?　元気ない？

▶ 你不舒服嗎？　Are you feeling unwell?　具合が悪いの？

▶ 請保重。　Please take care.　お大事に（気をつけて）。

▶ 交給我吧。　Leave it to me.　私に任せて。

▶ 我會幫忙的。　I will help.　手伝うよ。

這樣表達更清楚

7
Am I causing you to worry? Please feel free to talk to me about anything.
悩ませてしまってますか？何でも気軽に相談してください。

是我讓您煩心了嗎？有任何事可以隨時找我聊聊。

8
Is there something you are worried about? Can I do anything to help?
心配事ですか？私にできることはありますか？

您有什麼煩心事嗎？有沒有需要我協助的地方？　🔗 p87-10

9
Are things going well? If there are any problems, please let me know.
すべて順調ですか？問題があればいつでも声をかけてください。

事情還順利嗎？有問題歡迎隨時跟我說。

10
There are many problems, so let's deal with them one at a time.
色々課題がありますが、ひとつずつ対処していきましょう。

問題滿多的，我們一個個解決吧。　🔗 p246-3

11
Are you worried about something? Instead of keeping it to yourself, let's discuss it together.
悩み中ですか？一人で抱えず、一緒に考えましょう。

您有心事嗎？別一個人悶著，說出來一起解決吧。　🔗 p246-4

12
Are you busy? Please let me know if I can help with anything.
お忙しいですか？手伝えることがあったら言ってください。

您很忙嗎？有我幫得上忙的地方儘管說。　🔗 p120-6, 247-10

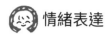

遺憾／失望

會說這些就能通

1
That's very disappointing.
とても残念です。

太遺憾了。

2
I feel let down.
失望しました。

我很失望。

3
I thought it would go much better.
もっとうまく進めていただけると期待していました。

我本來預期會更順利。

4
My expectations have been betrayed.
期待を裏切られました。

辜負了我的期待。

5
I feel deeply saddened.
悲しい気持ちでいっぱいです。

我覺得非常難過。

6
Nothing more can be done.
もうどうにもならないのですね。

已經束手無策了。

這樣應答好自然

▶ 天啊。	Good grief.	やれやれ。
▶ 真糟糕。	That's no good.	や～ん。
▶ 太令人失望了。	That's really disappointing.	は～がっかり。
▶ 這不可能。	That can't be true.	ありえない。
▶ 騙人的吧	Unbelievable!	うそでしょ～！
▶ 別這樣！	Stop!	やめて～！
▶ 唉……	Ugh...	はぁ…。

這樣表達更清楚

7

That's too bad. I was looking forward to it.

とても楽しみにしていたのに、残念でなりません。

我原本非常期待的，真是太遺憾了。

8

I am incredibly disappointed that it did not go as planned.

当初の意図通りに遂行されなかったこと、非常に失望しています。

我對於沒有按計畫進行感到相當失望。

9

I expected more from (you/your company), and so this unfortunate result is a big letdown.

あなた／御社 に期待していたので、このような残念な結果に落胆しています。

我原先對 您／貴社 抱持很大的期待，得到如此遺憾的結果讓人十分灰心。

10

I am disappointed by (this result/these developments). Is there a way we could redo it?

この 結果／経過 にがっかりしています。立て直す方法はありますか？

我對這次的 成果／發展 感到很失望。有什麼補救的方法嗎？

11

I am hurt that this project failed.

このプロジェクトが挫折して、傷ついています。

這次專案的失敗對我而言是一大打擊。

12

It is unfortunate that we did not achieve our goal. We both should have done more.

目的が達成されず、残念です。お互い力不足でしたね。

很遺憾沒有達成目標。看來我們彼此都還有很多努力空間。

 問題糾紛

不滿／斥責

會說這些就能通

1

I can't believe it.

まさか！（信じられません。）

怎麼會這樣！（真不敢相信。）

2

How did something like this happen?

一体どうしてこんなことになったんですか？

事情怎麼會發展到這一步？

3

I cannot overlook this.

これは見過ごせません。

我無法當作沒看到。

4

That is not what you said before.

話が違います。

這和之前說好的不一樣。

5

I will no longer accept any delays.

今後、遅延は一切受け入れられません。

往後我不會再接受任何延遲。

6

Make sure you actually check it.

ちゃんと確認してください。

請務必仔細確認。

這樣應答……不太好

▶ 別開玩笑了。　Please don't mess around.　ふざけないでください。

▶ 你聽得懂我的話嗎？　Do you understand what I am saying?　言ってることがわかりませんか？

▶ 這樣不是很奇怪嗎？　Don't you think this is strange?　おかしくないですか？

▶ 別鬧了。　Please be serious.　いい加減にしてください。

▶ 我非常不滿。　That is very unpleasant.　とても不愉快です。

▶ 我受夠了。　I am sick of this.　うんざりしてます。

▶ 恕我無法繼續奉陪。　I cannot continue with this.　付き合いきれません。

這樣表達更清楚

7

What you are doing is against the rules.
あなたのやっていることはルール違反ですよ。

你的所作所為根本不符規定。

8

I am very confused. What were you thinking?
非常に困惑しております。一体何を考えているのでしょうか。

我非常不解。您到底在想什麼？

9

Frankly speaking, I am very disappointed and upset.
率直に申し上げて、とても落胆し怒りを覚えました。

說實話，我感到失望又氣憤。

10

This was not agreed in the contract.
Please respect the (due date /contract).
約束と違います。納期／契約 を守ってください。

這和說好的不一樣。請遵守 交期／合約。

11

You have continued to make mistakes, and I feel I cannot trust you.
ミスがあまりに続くので、あなたに不信感を抱いています。

接二連三的錯誤讓我覺得無法再信任您了。　　　　　　　　🔗 p197-10

12

How many times do I have to tell you? Be very careful.
何度言ったらわかるのでしょうか。よくよく気をつけてください。

要我說幾次您才懂呢？請務必小心謹慎。

退出／辭退

會說這些就能通

1

I cannot continue any further.

これ以上は続けられません。

我無法繼續下去了。

2

I am stepping down.

私は降ります。

我要退出。

3

I feel I have no choice but to quit.

辞めるほかないと思っています。

我想我只能選擇退出了。

4

While this is sudden, I must refuse.

今さらですが、辞退します。

雖說事已至此，我決定還是退出。

5

This goes beyond what I am required to do.

もはや私の仕事ではありません。

這已經超出我的工作範圍。

6

I cannot accept this anymore.

これ以上は応じかねます。

我沒辦法承受更多了。

帶入情境好實用

這樣表達更清楚

7

While this was a difficult decision, I cannot cause you any more trouble.

苦渋の決断ですが、これ以上ご迷惑をおかけする訳にはいきません。

這是個艱難的決定，但我不能再給您添任何麻煩了。

8

This was a difficult choice, but after this project I will be quitting.

大変心苦しいのですが、今回を最後に私は辞めます。

這個決定對我來說也很難受，但我將在這項專案結束後退出。

9

After careful consideration, I have made a different choice.

慎重に検討した結果、他の選択肢をとることにいたしました。

經過審慎評估，我採用了其他的選項。

10

Unfortunately, I do not think I can continue with this project.

残念ながら、私にはこのプロジェクトを続けられそうにありません。

很遺憾，我想我沒辦法繼續執行這項專案。

11

Due to the unclear situation, I have no choice but to (stop/ leave).

この不明瞭な状況では、中止／辞退 せざるを得ません。

在這個不明朗的情況下，我只能選擇 中止／退出。

12

I am unable to agree to the budget and schedule.

予算とスケジュールの面で折り合いがつきませんでした。

我沒辦法接受預算和時間上的安排。

提出抱怨／客訴

會說這些就能通

1

I am emailing you to make a complaint.

これはクレームのメールです。

我是寫信來向您客訴的。

2

The timing of your report is troubling.

このタイミングでの報告に大変困惑しています。

您提出報告的時間點讓人很困惑。

3

I think you should apologize.

当然、謝罪があるべきだと思います。

我認為您應該道歉。

4

It was already damaged when I received it.

受け取った時点で破損していました。

我收到的時候就已經破損了。

5

As such, I want to cut the payment by 30%.

つきましては、支払いを3割カットさせていただきたいです。

因此，我希望可以免除 30% 的費用。

6

I would like an honest (answer/response) for next time.

今後のためにも誠実な 回答／対応 をお願いいたします。

為求往後合作順利，我希望得到真誠的 答案／回應。

帶入情境好實用

▶ 我希望能即刻改善。　I want this improved quickly.　迅速な改善を要求します。

▶ 您的回應非常沒誠意。　That was a very dishonest response.　とても不誠実な対応でした。

▶ 我想您搞錯了。　I think you are mistaken.　何かの間違いだと思います。

▶ 我不記得我有同意。　I do not remember agreeing.　承諾した覚えがありません。

▶ 我接到許多客訴。　I am getting many complaints.　問い合わせが相次いでいます。

▶ 我手上還有一堆待辦事項。　I have too many things to do.　対応に追われています。

▶ 我們不能讓這種東西上市。　We cannot release this.　世の中に出す訳にはいきません。

這樣表達更清楚

7
I am (calling you/writing this) to make a complaint about the sample.
サンプルについての苦情をお伝えするためにご連絡しています。

這次聯繫是為了向您投訴樣本的缺失。

8
I am (calling you/writing this) to let you know about a problem we are having.
我々が抱えている問題について認識していただきたくご連絡しています。

這次與您聯繫是想讓您了解我們目前面臨的問題。

9
I feel I have no choice but to make a complaint about your noncommittal responses.
曖昧なやりとりについて苦情を申し上げざるを得ないと感じております。

我必須坦承，您曖昧不清的回應讓人很不悅。

10
I am surprised and disappointed by the lack of quality.
クオリティの低さに驚き落胆しています。

品質低落的程度真是令我又驚訝又失望。

11
After looking into the situation and cause, please let me know the results.
状況と原因を直ちに調査していただき、結果をお知らせください。

請立刻查明狀況及原因後通知我。

12
I am having trouble because work is not progressing.
作業が進められないので大変困っています。

進度遲遲無法推進，令我非常困擾。

 問題糾紛

處理抱怨／客訴

會說這些就能通

1
Thank you for bringing this to my attention.
この度はご指摘ありがとうございます。

非常感謝您的指正。

2
I will look into it right away and let you know.
早急に調査してご報告します。

我會立刻查明並向您報告。

3
I am sorry to have troubled you.
ご迷惑をおかけしてすみません。

很抱歉造成您的困擾。　　　　　　　　　　　　　　　　　　　　p250-1

4
I am sorry for any inconvinience I have caused you.
この度はご不便をおかけしております。

很抱歉給您帶來麻煩。　　　　　　　　　　　　　　　　　　　　p250-4

5
I am sorry that I missed the deadline.
納期が遅れたことをお詫びします。

很抱歉沒有趕上交期。

6
I am very sorry, and will correct the inappropriate parts.
不適切な部分があったことを訂正してお詫び申し上げます。

非常抱歉，我會針對錯誤的部份進行修正。

帶入情境好實用

通知我	For letting me know	お知らせいただき
告訴我	For talking to me	お話を聞かせていただき
確實有誤。	There was definitely a mistake.	確かにミスがありました。
正如您所說。	It is as you say.	仰る通りです。
是本公司的失誤。	It was my company's mistake.	弊社のミスでした。
我會負擔全責。	I take full responsibility.	私の責任です。
是我的疏失。	This was my mistake.	こちらの不手際です。

這樣表達更清楚

7

I appreciate you sharing your ideas. You've been very helpful.
非常に有益なご意見をありがとうございます。

您提供的意見對我們非常有幫助，謝謝您。

8

I am sorry I was unable to meet your (desires/expectations).
今回は ご希望／ご期待 に添えず申し訳ありませんでした。

很抱歉無法達成您的 要求／期待。 p251-10

9

I will arrange for a replacement product, but it will cause a three-day delay.
代替の品を手配させていただきますが、3日ほど遅れが生じてしまいます。

請讓我為您安排替代品，不過得請您再多給我三天的時間。

10

I am very sorry that the manuscript file had so many mistakes.
入稿データに非常に多くのミスがあり、申し訳ありません。

很抱歉原始檔案出現那麼多錯誤。

11

Having checked, I believe I can pay your company on April 10th.
確認しましたところ、4月10日中には御社にお納めできるかと思います。

經過確認，我預計可以在4月10日向貴公司付款。

12

I am checking the situation, and will contact you once I know.
ただいま状況を確認しておりますので、わかり次第ご回答いたします。

我目前正在了解狀況，確認後會立即給您答覆。

尋求理解／做出解釋

會說這些就能通

1
Please understand the situation.
状況をご理解ください。

請您理解我的處境。

2
Work is being delayed due to a staff shortage.
人手が足らず、遅れております。

由於人手不足，導致作業有所延誤。

3
Something unexpected could happen.
予想外のことが起きてしまう場合がございます。

隨時可能發生意料外的突發事件。

4
There was no way I could have prevented this.
こればかりは防ぎようがありませんでした。

這是我也沒有辦法避免的事。

5
I will re-examine the production system.
制作体制を見直します。

我會重新審視我們的製作流程。

6
This trouble was to be expected.
想定内のトラブルです。

我有預料到會發生這個問題。

帶入情境好實用

▶ 請接受我的道歉。　Please accept my apologies.　ご容赦ください。

▶ 請讓我解釋。　Please let me explain.　説明させてください。

▶ 請相信我。　Please believe me.　信じてください。

▶ 這不是我們的錯。　It is not our fault.　私たちのせいではないです。

▶ 我們也束手無策。　There is nothing we can do.　私たちができることはないです。

▶ 我無法斷然否認。　I cannot say it is not the case.　絶対ないとは言えません。

▶ 我保證會盡最大的努力。　I promise to do my best.　最善を尽くすことをお約束します。

這樣表達更清楚

7
It is most unfortunate that this situation has occurred.
このような事態を招いたことは誠に遺憾です。

對於招致這樣的事態我感到非常遺憾。

8
I overlooked it during the checking stage due to the tight schedule.
タイトな進行の中、チェックの段階で見落としてしまいました。

在緊湊的排程下，我在檢查的階段有所疏忽。

9
We also did not think it would end up like this.
我々もまさかこんなことになるとは思ってもいませんでした。

我們也完全沒有想到事情會演變成這個樣子。

10
It seems an issue occurred with the finishing touches. We are negotiating to see if we can redo them.
仕上げの工程で起きてしまったトラブルのようです。やり直せるか交渉中です。

似乎是在收尾階段發生了問題。我們正在協商是否能重新來過。

11
I will work hard to make sure this does not happen again.
今後このようなことが起こらないよう対策し、努力してまいります。

我們會盡力檢討以確保未來不會再有這種情況發生。 ⌢ p250-6

12
I have given a stern warning to the person in charge. I will make sure to fully instruct them.
担当者に厳重に注意いたしました。教育を徹底してまいります。

我已嚴正警告過負責人。我保證會徹底進行指導。

判斷

做出判斷／決定

會說這些就能通

1
It's decided! Let's go with that.
決めました！これでいきましょう。

決定了！就這樣進行吧。 p181-8, 196-2

2
We will go with Plan B.
私たちはプランBを採用します。

我們決定採行 B 計畫。

3
In the end, I decided to buy it.
結局、購入することになりました。

最終，我決定買下它。

4
I felt there was value in trying it.
やってみる価値があると判断しました。

我覺得有嘗試的價值。

5
Okay, I will decide it here.
OK、こちらで確定します。

好的，我會在這裡做出決定。

6
I have decided to release it on April 10th.
4月10日に発売することが確定しました。

我決定在 4 月 10 日正式發行。

這樣應答好自然

▶ 我決定了！　　　　　　　I've decided!　　　　　　決定した！

▶ 就決定是這個了！　　　　I've decided on this!　　　これに決めた！

▶ 我下定決心了。　　　　　I've made up my mind.　　決心した。

▶ 我已經做出決定。　　　　I've made my decision.　　決断した。

▶ 我打定主意了。　　　　　I am determined.　　　　　決意した。

▶ 就這麼決定！　　　　　　This is good!　　　　　　　FIX で！

▶ 繼續進行！　　　　　　　Proceed!　　　　　　　　　GO で！

這樣表達更清楚

7	We have made a formal decision in the meeting. Once again, I look forward to working with you. 会議を経て正式に決定しました。改めてよろしくお願いいたします。 我們開會做出了正式決定。再次期待與您共事。
8	It was hard to decide between them, but I think we will go with proposal B. どれも捨てがたくて悩みましたが、B案でいきたいと思います。 要從中做出選擇相當困難，不過，我想我們就採用方案 B 吧。
9	I have decided to proceed with this design, after examining the situation in the market. マーケットの状況から判断し、このデザインで進めるという結論に至りました。 在評估過市場狀況後，我決定以這項設計進行下去。
10	The deadline is getting close. I will need a decision soon. 期限が迫っております。迅速な決断をお願いいたします。 期限就快到了，請盡速作出決定。
11	I have attached the final proposal. We will go with this. 最終案を添付しています。こちらで確定させていただきます。 附件是最終方案。我們決定以此進行下去。
12	Then this will be the final decision. Is everything clear? それではこちらを最終決定とさせていただきます。すべて明確でしょうか？ 那麼，這就是我們的最終定案。一切都清楚了嗎？

判斷

擱置／觀望

會說這些就能通

1	I cannot compromise. 私は妥協できません。 我無法妥協。
2	Let's reconsider this. 再検討しましょう。 再評估看看吧。
3	Let's postpone this. 後回しにしましょう。 之後再討論吧。
4	I will reply at a later date. 後日お返事させてください。 我過幾天回覆您。
5	Let me put the matter on hold for a moment. 一旦保留とさせてください。 請容我晚點再處理這件事。
6	I cannot spend any more time on this matter. この件についてこれ以上時間を使えません。 我不能再花更多時間在這件事情上了。

帶入情境好實用

▶ 照這個步調	At this rate	このままでは
▶ 以現況來說	Under the circumstances	現状では
▶ 根據我獲得的資訊	The information I have received is	いただいた情報では
▶ 我無法決定	I cannot make a decision.	決められません。
▶ 我還無法決定。	I cannot make a decision yet.	決められません。
▶ 我放棄。	I will have to pass.	見送ります。
▶ 我暫時不考慮。	I will have to pass for now.	見送ります。

這樣表達更清楚

7

The project needs to be reviewed. Let's pause the current project.
プロジェクトの見直しが必要です。現行の制作は中止しましょう。

我們必須重新審視這個企劃。先暫停手上的作業吧。

8

The (contents have/situation has) changed, so we need to reconsider.
内容／状況 が変わりましたので、再検討の必要があります。

由於 內容／狀況 有變，我們需要重新評估。

9

It is difficult to deal with this right now. Please let me decide after I gather the materials.
今取り組むことは難しそうです。素材が揃ってから判断させてください。

現在要投入處理這件事有點困難。請容我收集好素材之後再下決定。

10

I cannot make a decision with the current information. I will pass on this.
今ある情報では判断できません。見送りとさせてください。

依現有的資訊我無法做出判斷。請容我觀望一下。　　　　　　　　　　🔗 p105-12

11

The company is still discussing the matter, and the situation is pending.
社内で話がまとまらず、ペンディング状態です。

目前公司內部還無法歸納出結論，狀況有待商榷。

12

If we have the chance, let's have a concrete discussion.
機会がありましたら、また具体的な話をお聞かせください。

有機會的話，我們再來談談具體的細節吧。　　　　　　　　　　🔗 p105-12

同意／了解

會說這些就能通

1	OK! オッケー！ 好的！
2	I agree. 承諾^{しょうだく}します。 我同意。　　　　　　　　　　　　　　　　⌒ p196-1
3	I understand. 了解^{りょうかい}です。 我知道了。　　　　　　　　　　　　　　　　⌒ p116-4
4	I feel the same way. 私^{わたし}も同^{おな}じ考^{かんが}えです。 我也這麼想。　　　　　　　　　　　⌒ p23-8, 66-3
5	That seems good. それは良^よさそうです。 聽起來不錯。
6	That is a good proposal. いい提案^{ていあん}ですね。 很不錯的提案。

這樣應答好自然

▶ 感覺很不錯！	That seems good!	いいじゃない！
▶ 沒錯。	You're right.	だね。
▶ 好像是那樣沒錯！	It seems that way!	それっぽいね！
▶ 就是那種感覺！	Just like that!	そんな感じ！
▶ 我喜歡那個。	I like that.	それが好きです。
▶ 我喜歡這個。	I like this.	こっちが好きです。
▶ 噢～真棒。	Ah, that's good.	あ～いいですね。

這樣表達更清楚

7

I understand. I agree to the terms.
承知しました。その条件に同意します。

我了解了。我同意這些條件。

8

That is a good idea! I will incorporate it right away.
それはいいアイデアですね！ぜひ取り入れましょう。

很不錯的想法！我會立刻採納。　　　　　　　　　　　　🎧 p38-6

9

Thank you for reviewing it. I will go with that.
レビューをありがとうございます。ではそうします。

感謝您的回饋。我會這麼做。

10

I completely agree. We get along quite well.
まったくもって同感です。気が合いますね。

我完全同意。我們真有默契。

11

I didn't think about that. Let's try that.
思いつきませんでした。やってみましょう。

我還真沒想到。就來試試看吧。

12

It is just as you say. Let's go in that direction.
あなたの言う通りです。その方向で進めましょう。

正如您所說。就朝您說的方向進行吧。

判斷

提出意見／說服

會說這些就能通

1
I have a different opinion.
私は違う意見です。

我有不同的見解。

2
I cannot agree with that plan.
そのプランには同意できません。

這個方案我無法苟同。

3
I'm sorry, but I am against this.
申し訳ありませんが、私は反対です。

很抱歉，但我反對。

4
I see this differently.
私は違う見方をしています。

我有不同的看法。

5
I don't think this is feasible.
実現性があるとは思えません。

我不覺得可行。

6
I hope that you will agree with my view.
こちらの見解に合意してもらえることを期待します。

我希望您會同意我的觀點。

帶入情境好實用

▶ 嗯……（我不同意。） | Hmm, | うーん、（反対ですね。）
▶ 是沒錯，不過， | That's true, however, | そうですね、でも、
▶ 我大致贊同，不過， | While I agree with most of what you say, | おおむね賛成ですが、
▶ 我的看法不太一樣。 | My thinking is a bit different from yours. | 少し違うように思います。
▶ 我倒覺得不一定。 | That isn't necessarily the case. | 必ずしもそうではないと思います。
▶ 真是棘手啊。 | This is troublesome. | 悩ましいですね。
▶ 我／我們團隊 的看法是 | (My / The team's) opinion is | 私／チーム の意見は

這樣表達更清楚

7
By making the focus clear, we can improve the concept.
焦点を明確にすれば、コンセプトを強化できます。
只要能找出明確焦點，我們就能強化整體概念。

8
I think we should reduce the number of colors so it does not give a confusing impression.
雑然とした印象を与えないように、もっと色数を絞るべきです。
我認為我們應該減少用色，以免整體印象過於雜亂。

9
We could use this illustration, but wouldn't a diagram work better?
現状のイラストでも伝わりますが、図解するとよりよいのではないでしょうか。
雖然現在的插圖也可行，不過用圖解的方式會不會更好？

10
I agree with you on this point, but at the current price it is impossible.
その点には同意しますが、現状のコストでは無理があります。
這點我同意，不過依現階段的成本不可能做到。

11
I think we should absolutely reshoot it. We cannot settle for what we have now.
私は絶対に再撮すべきだと思います。ここで妥協すべきではありません。
我認為我們勢必需要重新拍攝，不應該就此妥協。

12
If you leave it to me, I will be able to ensure quality.
私に任せていただければ、クオリティを保証します。
只要交給我，品質就一定有所保證。

判斷

妥協

1
I have no choice...
やむを得ないですね……。

我別無選擇……。

2
At this point, it's no use.
今さら仕方がないですね。

事到如今，也沒辦法了。

3
So there is no other choice?
もう他の選択肢はないですよね？

所以真的沒有別的選項了？

4
I have no choice but to continue with this.
これで進めるしかなさそうです。

也只能這樣進行下去了。

5
It's rather disappointing, but I will go with this.
少し残念ですが、これでいきます。

雖然有些遺憾，但我會依此進行下去。

6
This is a compromise.
これは妥協案です。

這是折衷的方案。

帶入情境好實用

▶ 如果您那樣決定的話	If that is your decision	あなたがそう言うなら
▶ 由於時間所剩無幾	Since we don't have any more time	もう時間がないので
▶ 由於沒有更多預算	Since the budget is at its limit	これ以上予算を割けないので
▶ 由於大致上沒有改變	As it will still be the same overall	大筋は変わらないので
▶ 雖然不是最佳方案	Though it is not the best proposal	ベストな案ではないけれど
▶ 即使我不想妥協	While I do not want to compromise	妥協したくはないけれど
▶ 雖然不合乎期望	While this is contrary to my hopes	希望とは異なるけれど

這樣表達更清楚

7
If it is difficult to adjust, I am okay with going with this.
調整するのが難しければ、これでも構いません。
如果調整起來有困難，就這樣進行下去也沒關係。

8
I have no choice but to accept this proposal this time.
今回はやむを得ずご提案を承諾することにいたします。
這次不得已只好同意這個方案了。

9
I understand the situation. Let's go with that proposal.
事情はよくわかりました。そちらの案で進めましょう。
情況我了解了。就依您的提案進行吧。

10
Let's meet halfway regarding (price/the schedule).
価格／スケジュール についてはお互いこの辺りで折り合いを付けましょう。
有關 價格／時程 方面的安排，我們就各退一步吧。

11
It can't be helped. I think I can compromise with that plan.
致し方ないですね。そのプランで妥協できると思います。
那就沒辦法了。我想我願意妥協接受那個方案。

12
I understand, I will prepare several potential compromises.
なるほど、把握しました。いくつか妥協案を準備します。
原來如此，我了解了。我會準備幾個備案。

讚美／形容優點

會說這些就能通

1

I think your (work/project) was amazing.
あなたの 仕事／作品 は素晴らしかったです。

我認為您的 工作態度／作品 非常棒。　　　　　　　　　　　　　p212-4

2

Thank you for the brilliant proposal.
素晴らしい 提案ありがとうございます。

謝謝您提出這麼棒的方案。

3

Yes! This is exactly what I wanted!
そうそう！こういうのが欲しかったんです！

沒錯！這就是我想要的！　　　　　　　　　　　　　　　　　　　p38-3

4

I think this design looks incredibly stylish.
このデザインはとてもスタイリッシュに見えます。

這個設計看起來非常有型。

5

I like the angle of the plants being used for accents.
植物がアクセントになって、いいアングルです。

植物的角度很有造型，我喜歡。

6

This excellent art has your unique style.
この絵はあなたらしくて最高です。

這幅畫作展現出您的個人特色，真的很棒。

帶入情境好實用

▶ 十分有條理。	It is well arranged.	よく整理されています。
▶ 能夠吸引目光。	It draws the eye.	目線を誘導できます。
▶ 具有獨一無二的特色。	It is singularly unique.	他にない独特さがあります。
▶ 展現前所未有的新意。	It has a newness that hasn't existed before.	今までにない新しさがあります。
▶ 耳目一新的詮釋。	I was blown away by the setting.	圧倒的な世界観です。
▶ 真是情感豐富的作品。	This piece is filled with emotion.	情感あふれる一枚です。
▶ 可愛極了。	It is incredibly cute.	めちゃくちゃ可愛いです。

這樣表達更清楚

7
This is well balanced. I like the typography and color scheme.
絶妙なバランスですね。タイポグラフィと配色が気に入りました。

整體平衡掌握得非常好。我很喜歡字型的配置和配色。

8
That is a fresh viewpoint. We hadn't thought of that.
新しい観点ですね。私たちでは気づけませんでした。

很新穎的觀點。我們都沒想到。

9
I am happy that it fits the concept perfectly. You are always a big help.
イメージにぴったりで嬉しいです。いつも助かっています。

它完美符合整體的形象概念，太令人開心了。謝謝您一直以來的大力協助。

10
This is an exciting proposal. It is very cool, well done.
痺れる提案ですね。かっこいいです。さすが。

這個提案真是令人熱血沸騰。太酷了，做得好！

11
I think the design and ease of use are very good. I am sure everyone will enjoy it, too.
デザインも使い勝手もすごくよいと思いました。皆も気に入るはずです。

我認為不管是設計還是機能都非常出色。我相信大家也會很喜歡。

12
I think this product is what everyone is looking for. I want it, too!
この商品は皆が求めているものだと思います。私も欲しい！

我想大家想找的就是這種商品。我也好想要！

回報錯誤及問題點

會說這些就能通

1
There seems to be a problem with the layout.
レイアウトに間違いがあるようです。

版型好像有問題。

2
I found the following misprints.
以下の誤植を見つけました。

我發現以下幾處有印錯。

3
Here are the points that I noticed.
気がついた点を申し上げます。

這些是我發現的問題。

4
I feel there are too many decorations.
この装飾は少し余分な気がします。

我覺得有點裝飾過頭了。

🔗 p39-11

5
I tried running it, but it did not run very well.
実行してみましたが、うまく動きませんでした。

我實測過了，但運作得不是很順暢。

6
There are risks with that (process/procedure).
その工程／進め方 にはリスクがあります。

那樣的 程序／步驟 會有風險。

帶入情境好實用

▶經過檢查，	After checking it,	チェックしてみたところ、
▶在與團隊討論過後，	After discussing it with the team,	チームと相談したところ、
▶委託方的意見是，	The client thinks that	クライアントの意見では、
▶雖然有些難以啟齒，	This is hard to say, but	申し上げにくいのですが
▶很抱歉，不過，	I am sorry, but	恐れ入りますが
▶如果可以的話，	If possible	可能でしたら
▶盡可能	As much as possible	可能な限り

這樣表達更清楚

7

There appears to be a mistake in the (estimate/email) you sent on April 10th.
4月10日付の お見積り／メール に間違いがあるようです。

我發現您在4月10日提出的 估價／郵件 有錯誤。　　　　　　　　　🔗 p148-4

8

There are a few mistakes in the table of contents. Please check this.
目次にいくつか間違いがあるようです。ご確認お願いします。

目次有幾處出錯了。麻煩檢查一下。

9

I think that using it this way diminishes the charm of the art.
この使い方では、絵の魅力が半減するように思われます。

我覺得這樣的使用方式將有損作品的魅力。

10

Maybe we were too adventurous. Let's return to the first proposal.
少し冒険しすぎたかもしれません。最初の案に戻ってみましょう。

我們或許有些太過冒險了。還是回歸到一開始的方案吧。

11

I am worried that the important information won't be picked up at first glance.
ひと目で重要な情報が伝わらないのが気がかりです。

我擔心的是沒辦法讓人第一眼就掌握到關鍵訊息。

12

We are just going around in circles. What do you think we should do?
このままでは堂々巡りですね。どうしたらよいと思いますか？

我們這樣只是在原地打轉。您覺得我們應該怎麼做？

提出建議

會說這些就能通

1

I have an idea. Would it be all right to try it?

ちょっとアイデアがあって、試してみてもいいですか？

我有一些想法，可以讓我試試看嗎？

2

Could I make a proposal?

提案してもいいですか？

我可以提出方案嗎？

🔗 p98-1

3

I propose a different color.

私は別のカラーを提案します。

我提出一個不同顏色的方案。

4

What about looking up a different possibility?

別の可能性を模索してみてはどうでしょう。

何不摸索看看其他可能性呢？

5

I have attached an effective solution.

効果的な解決策を添付します。

附件是有效的解決方案。

6

It might be an idea to simplify it.

もっとシンプルにするというのも手です。

試著將其稍作簡化也是一個方法。

這樣應答好自然

▶ 我想到了！　　　　I've got it!　　　　　　　思いついた！

▶ 這怎麼樣？　　　　How about this?　　　　　　これはどう？

▶ 我想這麼做。　　　I would like to do this.　　　こうしたいな〜

▶ 不如這樣試試？　　How about we try this?　　　こうしてみようかな

▶ 我試過了　　　　　I tried this.　　　　　　　　こうしてみました

▶ 我想請您看一下　　I would like you to look at this　ちょっと見て欲しいのだけれど

▶ 用這個如何？　　　Could we use this?　　　　　これは使えない？

這樣表達更清楚

7

It seems too cold and utilitarian. Could you hand-draw the lines for a friendlier impression?

即物的でそっけない印象を受けるので、
手描きっぽい線にして親しみやすさを出してみませんか。

整體印象有些冰冷生硬，可以改用手繪線條帶出平易近人的感覺嗎？

8

Could we try a different typeface for the header? I have attached a few samples.

見出しには別の書体を試してみませんか。サンプルをいくつか添付しました。

標題可以換別的字體試試嗎？附件是一些範例。

9

Many people will be using it, so please make sure the colors are easy to discern from each other.

幅広い人が使うので、識別しづらい色は避けたほうがいいと思います。

由於使用客群很廣，我認為應該避免使用難以識別的顏色。

10

It might be better to effectively use a colored surface instead of putting a border around it.

罫線で囲む代わりに色面をうまく使うとよいかもしれません。

與其用線框起來，活用色塊應該會更好。

11

I would recommend changing to a paper that has less coating and more texture.

塗工が少なくて質感のある紙に変えてみることをおすすめします。

我建議可以換成塗佈較少、有手感的紙。

12

I think we can do better. Let's come up with ideas together.

もっとよくできそうですね。アイデアを出し合いましょう。

我認為還可以更好。一起來腦力激盪一下吧。

鼓勵／加油打氣

會說這些就能通

1	Please don't feel down. 落ち込まないでください。 請別感到失落。
2	I am sure it will be all right. きっと大丈夫ですよ。 我相信一定沒問題的。　　　　　　　　　　　　　　　　🎧 p216-1
3	There's no need to rush. Let's take it slow. 焦らずじっくり取り組みましょう。 不用著急。我們一步步解決吧。　　　　　　　　　　　　🎧 p217-10
4	Let's work hard together. 一緒に頑張りましょう。 一起努力吧。　　　　　　　　　　　　　　　　　　　　🎧 p217-11
5	Just a little more! もう少しですよ！ 只差一點了！
6	I think that's enough. 十分だと思いますよ。 我認為已經很足夠了。

這樣應答好自然

▶ 就是這種氣勢。　　That's the spirit.　　　　その調子だよ。

▶ 打起精神！　　　Cheer up!　　　　　　元気だして！

▶ 都過去了！　　　It's all behind you!　　済んだことだよ！

▶ 別擔心！　　　　Don't worry!　　　　　大丈夫だよ！

▶ 一定有辦法的。　It'll all work out.　　何とかなるよ。

▶ 全力以赴吧！　　We just have to do it!　やるしかない！

▶ 堅持下去！　　　Stick to it!　　　　　粘っていこう！

這樣表達更清楚

7
Never mind that. It's all in the past.
気にしないで。切り替えましょう。

別在意了。轉換一下心情吧！

8
Don't worry about it. I will deal with it on my end.
心配しないでください。こちらで何とかするので大丈夫です。

請別擔心。我這邊會想辦法解決。

9
Let's work hard and stay positive. I'm sure it will go well next time.
前向きに頑張りましょう。次こそはうまくいくはず。

打起精神一起加油吧！下次一定會很順利的。

10
Let me know if there is anything I can do. I am always here for you.
できることがあったら言ってください。いつでも味方です。

如果有我能做的請儘管開口。我永遠都是您的後盾。　　　　🔗 p217-12

11
Let's do our best. This will be a good experience.
ベストを尽くしましょう。いい経験になりますよ。

我們盡全力做吧！這一定會成為很好的經驗。

12
Have confidence in yourself. I think you did well.
自信を持ってください。うまくやれていると思いますよ。

拿出自信來。我認為您做得很好。

247

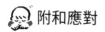
表揚／慰勞

會說這些就能通

1
Thank you for your hard work.
おつかれさまでした。

辛苦了。

2
It all looks great.
よいものができましたね。

成果太棒了。

3
You've done a good job.
よい仕事でしたね。

您做得太好了。
p213-7

4
It was a success.
成功ですね。

這次實在非常成功。

5
We made a good team.
いいタッグでしたね。

我們真是最佳拍檔。
p252-4

6
I could tell you were really trying.
努力が報われました。

努力是值得的。

這樣應答好自然

▶ 萬歲！	Hooray!	やったー！
▶ 看起來很棒！	It's looking good!	いい感じだ！
▶ 總算完成了！	I managed to get it done!	何とか終わった！
▶ 完成了！	It's finished!	完成だ！
▶ 你做到了！	You've done it!	やり遂げた！
▶ 做得好！	Great work!	よくやったね！
▶ 你真的非常努力！	You've worked really hard!	健闘した！

這樣表達更清楚

7
You've worked very hard. It was wonderful working with you.
頑張りましたね。あなたは素敵です。

辛苦了。與您共事很愉快。

8
That was a very exciting bit of work. Let's wrap up now.
エキサイティングな仕事でしたね。打ち上げしましょう。

這次的任務真是太有挑戰性了！我們去慶功吧！

9
With thanks to the staff, let's give each other a round of applause.
やり遂げたスタッフに感謝し、お互いを称えましょう。

讓我們給彼此一個掌聲，對一路相挺的夥伴表達感謝吧！

10
This went very well. I am looking forward to the release.
うまくいきましたね。リリースが楽しみです。

進行得非常順利呢。期待推出。

11
I would not have made it this far without you.
あなたなくしてはここまで漕ぎ着けられませんでした。

要是少了您，我一定沒辦法走到這一步。 p213-12

12
While I am glad it is now over, this was an unforgettable experience.
大変なプロジェクトでしたが、忘れがたいものとなりました。

這一切總算落幕了，卻是個令人難忘的經驗。

致歉

會說這些就能通

1
I am very sorry.
大変申し訳ございません。

實在非常抱歉。

⌇ p226-3

2
Please accept my deepest apologies.
心よりお詫び申し上げます。

請接受我誠摯的道歉。

3
I am very sorry to have troubled you the other day.
この度は大変申し訳ございませんでした。

這次給您帶來不便，真的非常抱歉。

4
Thank you for your patience.
ご辛抱いただき、ありがとうございます。

感謝您的耐心堅持。

⌇ p226-4

5
I really am sorry to have embarassed you.
私のせいで困惑させてしまい、本当にごめんなさい。

由於我的過失造成您的困擾，真的非常抱歉。

6
I will be careful not to make a mistake next time.
今後はミスをしないよう気をつけます。

往後我會小心不再犯錯。

⌇ p229-11

這樣應答好自然

▶ 噢，抱歉！　Ah, I'm sorry!　わぁ、ごめん！

▶ 好丟臉！　I'm so embarrassed!　恥ずかしい！

▶ 啊，我搞錯了。　Oh, my mistake.　おっと、間違えました。

▶ 我沒注意到！　I didn't realize!　気がつかなかった！

▶ 我會小心。　I will be more careful.　気をつけます。

▶ 對不起。　Sorry about that.　ごめんなさいね。

▶ 抱歉。　My apologies.　失礼しました。

這樣表達更清楚

7

My lack of effort has caused you to feel distressed.
この度は私の力不足で不快な思いをおかけしました。

很抱歉這次由於我能力不足，給您帶來了不愉快的經驗。

8

I'm sorry. I didn't mean to interrupt.
タイミングを見誤りました。邪魔するつもりはなかったんです。

抱歉，我不是有意打斷您。

9

I'm sorry if my difficulty getting comfortable with the content caused a problem for you.
慣れない内容に手こずってしまい、大変ご心配をおかけしました。

由於是不熟悉的內容導致我手忙腳亂，很抱歉讓您擔心了。

10

I am sorry to have caused you trouble with all my faults.
至らぬ点が多くご迷惑をおかけしました。

由於我的疏失在許多地方給您造成困擾，我感到非常抱歉。　　🔗 p227-8

11

My deepest apologies for having wasted your time like this.
貴重な時間を無駄にしてしまい、深くお詫び申し上げます。

浪費了您寶貴的時間，我由衷向您致歉。

12

With all apologies, I will lower the price according to the attached file.
お詫びの気持ちとして、添付の通り値引きさせていただきます。

為了表達歉意，我希望提供您附件檔案所示的折扣。

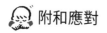

道謝

會說這些就能通

1
Thank you for your support.
サポートをありがとうございました。
謝謝您的支援。

2
Thank you for following me.
フォローしていただき助かりました。
謝謝您幫我打圓場。

3
Thank you for all your help.
この度は大変お世話になりました。
非常謝謝您這次的幫忙。

4
It was an honor to work alongside you.
一緒にお仕事ができて光栄でした。
我很榮幸能與您共事。

🔗 p248-5

5
It was a big success, thanks to you.
おかげさまで大変好評です。
托您的福，非常成功。

6
This is a small token of my appreciation.
これはささやかなお礼です。
這是一點心意。

這樣應答好自然

- ▶ 哇，謝謝！　　　Ah, thank you!　　　わぁ、ありがとう！
- ▶ 真的很感謝。　　Thank you very much.　　本当にありがとう。
- ▶ 謝謝您的禮物。　Thank you for the present.　プレゼントをありがとう。
- ▶ 謝謝您的訊息。　Thank you for the message.　メッセージをありがとう。
- ▶ 我很感激。　　　I am grateful.　　　ありがたいです。
- ▶ 幫了大忙。　　　That will help.　　　助かります。
- ▶ 我欠你一個人情。　I am in your debt.　　あなたに借りができました。

這樣表達更清楚

7

I am very grateful for your careful and speedy work. I hope to follow your example.
あなたの丁寧で迅速な仕事に感激しました。見習いたいと思います。

您既仔細又快速的作業令我十分感佩。您是我的榜樣。　　🔗 p213-1, 213-10

8

We were able to get the job done smoothly thanks to you.
こんなに快く仕事ができたのは、あなたが素晴らしかったからです。

我們能這麼順利地完成這項任務，都要歸功於您的活躍。

9

Thanks so much for keeping an eye on me. I'll keep at it.
暖かく見守ってくださり、大変感謝しております。精進します。

非常感謝您的關懷，我會更加努力。

10

Thank you for instructing me. I have learned a great deal.
ご指導いただきありがとうございました。とても勉強になりました。

謝謝您的指教。我學到很多。

11

Thank you for your understanding and cooperation. I hope we can continue our positive relationship.
ご理解とご協力に感謝します。これからもよい関係を続けていきましょう。

謝謝您的理解和協助。希望我們未來也能繼續維持良好的關係。

12

Thank you for putting your all into this project until it was finished.
最後まで誠意を尽くしていただき、ありがとうございました。

謝謝您為這次計畫至始至終的全力付出。

為作品附上解說

平面作品

1

Title: *Infinite*; Technique: Silk Screen Printing; Medium: Paper; Size: Around 25x25cm

タイトル：Infinite、技法：シルクスクリーン、支持体：紙、サイズ：約 25 × 25cm

名稱：Infinite，技法：絹印，媒材：紙，尺寸：約 25×25cm

立體作品

2

Title: *Timeless*; Painting Materials: Oil paints; Materials: Polyester Resin; Size: Around 30×40×10cm

タイトル：Timeless、画材：油絵具、素材：ポリエステル樹脂、サイズ：約 30 × 40 × 10cm

名稱：Timeless，畫材：油畫顏料，材質：聚酯樹脂，尺寸：約 30×40×10cm

影像作品

3

Title: *After Life*; Genre: Stop Motion Animation; Runtime: 10 Minutes; Release Date: 2020

タイトル：After Life、ジャンル：コマ撮りアニメーション、時間：10 分、公開年：2020 年

名稱：After Life，類型：停格動畫，片長：10 分鐘，上映年份：2020 年

書冊

4

Title: *Typedesign*; Language: Japanese; Format: 15x20cm; Page Count: 96 pages; Binding: Paperback

タイトル：Typedesign、言語：日本語、判型：15 × 20cm、頁数：96 頁、製本：ソフトカバー

名稱：Typedesign，語言：日語，開本：15×20cm，頁數：96 頁，裝訂：平裝本

產品

5

Product Title: Mini Tote Bag; Part Number: BMN-015; Materials: 100% Cotton; Price: 2,000 yen

商品名：ミニトートバッグ、品番：BMN-015、素材：綿 100%、価格：2000 円

商品名稱：小型托特包，料號：BMN-015，材質：綿 100%，價格：2000 日圓

設計作品

6

Paper Container Exhibition Flyer; Format: Perforated kraft paper ; Client: *BMN, Inc.*; Production Year : 2010

紙器展示会のフライヤー、仕様：ハトロン紙にミシン目加工、クライアント：BMN 社、制作年：2010 年

紙容器展覽傳單，規格：牛皮紙經騎縫線加工，客戶：BMN 公司，製作年份：2010 年

7

Makeup Promotional Tool (Main visuals, flier, novelties); Client: *BMN, Inc.*

化粧品のプロモーションツール（メインビジュアル、フライヤー、ノベルティ）、クライアント：BMN 社

化妝品宣傳媒材（主視覺、傳單、紀念贈品），客戶：BMN 公司

▶ 和菓子店的包裝紙	Wrapping paper for confectionary store	和菓子屋の包装紙
▶ 品牌的周年紀念海報	Anniversary Commemoration poster for brand	ブランドの周年記念ポスター
▶ 攝影師的個展 DM	Postcard for a solo photography exhibition	写真家の個展 DM
▶ 酒廠的綜合品牌企劃	General branding for brewing company	酒造の総合ブランディング
▶ 製藥公司的網站	Website design for pharmaceutical company	製薬会社の Web サイト
▶ 機場的數位看板	Digital signage for airport	空港のデジタルサイネージ

插畫作品

8

Hereafter by Sara Pay (Book Cover Illustration);
Client : *BMN, Inc.*; Tool : Photoshop

Sara Pay 著「Hereafter」単行本装画、クライアント：BMN 社、ツール：Photoshop

〈Hereafter〉書籍封面插畫：Sara Pay，客戶：BMN 公司，製作工具：Photoshop

9

Key visuals and background illustrations for *Hereafter* (game app) ; Client : *BMN, Inc.*; Production Year: 2010

アプリゲーム「Hereafter」 キービジュアル＋背景イラスト、
クライアント：BMN 社、制作年：2010 年

遊戲應用程式「Hereafter」主視覺與背景插畫，客戶：BMN 公司，製作年份：2010 年

▶ 第二集插畫	Illustration for the second volume	第 2 巻挿絵
▶ 2019 年 6 月號收錄插畫	Illustrations compiled in July 2019 issue	2019 年 6 月号収録イラスト
▶ 連載插畫	Series illustration	連載イラスト
▶ 日曆用插畫	Calendar illustration	カレンダー用イラスト
▶ 個展展出作品	Solo exhibition piece	個展用作品
▶ 獨立製作作品	Independent work	自主制作作品

設計師日語‧英語實用句型1500

從個人簡介、提案報價到簽約請款，業界用字與句型範例隨選即用，海外接案無障礙！

原 書 名	クリエイターのためのやさしい英語&英文パターン1500
作 者	BNN編輯部
譯 者	張成慧

總 編 輯	王秀婷
責任編輯	徐昉驊
行銷業務	黃明雪、林佳穎
版 權	徐昉驊

發 行 人	涂玉雲
出 版	積木文化
	104台北市民生東路二段141號5樓
	電話：(02) 2500-7696　　傳真：(02) 2500-1953
	官方部落格：http://cubepress.com.tw/
	讀者服務信箱：service_cube@hmg.com.tw
發 行	英屬蓋曼群島商家庭傳媒股份有限公司城邦分公司
	台北市民生東路二段141號11樓
	讀者服務專線：(02)25007718-9　24小時傳真專線：(02)25001990-1
	服務時間：週一至週五上午09:30-12:00、下午13:30-17:00
	郵撥：19863813　　戶名：書虫股份有限公司
	網站：城邦讀書花園　網址：www.cite.com.tw
香港發行所	城邦（香港）出版集團有限公司
	香港灣仔駱克道193號東超商業中心1樓
	電話：852-25086231　　傳真：852-25789337
	電子信箱：hkcite@biznetvigator.com
馬新發行所	城邦（馬新）出版集團Cite (M) Sdn Bhd
	41, Jalan Radin Anum, Bandar Baru Sri Petaling,
	57000 Kuala Lumpur, Malaysia.
	電話：603-90578822　　傳真：603-90576622
	email: cite@cite.com.my

封面設計	陳春惠
內頁排版	簡單瑛設
製版印刷	韋懋實業有限公司

城邦讀書花園
www.cite.com.tw

©2019 BNN, Inc.

Originally published in Japan in 2019 by BNN, Inc.

Complex Chinese translation rights arranged through AMANN CO., LTD.

2021年4月22日 初版一刷　　　　　　　　　Printed in Taiwan.

售價／NT$480元

ISBN 978-986-459-288-3

日文原書製作人員

アートディレクション・デザイン　久能真理

イラスト　あけたらしろめ

翻訳　Benjamin Martin

翻訳協力　Tim Young、株式会社トランネット

國家圖書館出版品預行編目資料

設計師日語.英語實用句型1500：從個人簡介、提
　案報價到簽約請款,業界用字與句型範例隨選
　即用,海外接案無障礙!/BNN編輯部著;張成慧
　譯. -- 初版. -- 臺北市：積木文化出版：英屬蓋
　曼群島商家庭傳媒股份有限公司城邦分公司
　發行, 2021.04
　　面；　公分
　譯自：クリエイターのためのやさしい英語and英
　　文パターン1500
　ISBN 978-986-459-288-3(平裝)

1.商業英語 2.日語 3.讀本

805.18　　　　　　　　　　　　　　　110005316